活在标签之外

井 曼 ◎ 著

ZHEJIANG UNIVERSITY PRESS
浙江大学出版社

图书在版编目（CIP）数据

活在标签之外 / 井曼著. -- 杭州：浙江大学出版
社，2021.1
ISBN 978-7-308-20339-5

Ⅰ.①活… Ⅱ.①井… Ⅲ.①随笔－作品集－中国－
当代 Ⅳ.①I267.1

中国版本图书馆CIP数据核字（2020）第114408号

活在标签之外

井　曼　著

责任编辑	张一弛	
责任校对	杨利军　严　莹	
封面设计	周　灵	
出版发行	浙江大学出版社	
	（杭州天目山路148号　邮政编码：310007）	
	（网址：http://www.zjupress.com）	
排　　版	浙江时代出版服务有限公司	
印　　刷	杭州钱江彩色印务有限公司	
开　　本	880mm×1230mm　1/32	
印　　张	9.5	
字　　数	192千	
版 印 次	2021年1月第1版　2021年1月第1次印刷	
书　　号	ISBN 978-7-308-20339-5	
定　　价	38.00元	

推荐序 · 李一诺

认识自己，与自我相处，其实是我们每个人要花一生来面对的难题，我自己也一直在路上。

可以说，人与周围世界打交道，首先要有深入的自我认知做基石。自我认知到位，我们才有机会了解自己的潜能在哪里、如何去定义幸福，进而找到适合自己的路径，向世界输出价值。

那么，如何正确地认识自己？

我们很多时候有个误区，习惯将标签定义的那个自己视为全部的自己，由此也将成功定义为对某个外部成就的追求——如果你也这么试过，或许你已经发现，这么做不但远离了核心的自我，也因疲惫不堪，与幸福渐行渐远。

因为真正的自我是无法用标签定义的，它既灵活又生动，隐藏在我们日常生活的每一个情绪反应中。听上去了解自我似乎很难，但山本耀司说过一句广为流传的话："自己"这个东西是看不见的，撞上一些别的什么，反弹回来，才会了解"自己"。

什么意思呢？我在多年的工作学习中意识到，我们真正拥有的财富，其实是经历过的生活。真正需要的工具是内在的察觉：一段选择或者关系，让你觉得痛苦不堪，你不想得过且过，于是追问自己，我为什么会有这样的感受？当初为何选择了这条路？我现在在害怕什么、担心什么？

有了这份关于"我"的觉知，人很容易就能将看到的外在世界转化为

自我发现的入口，了解自己，接纳自己，最终寻得幸福。只可惜，很多人由于一开始观念错误，没有心力找到这个入口，与真正的自我建立连接。

这也是我推荐本书的原因。

井曼是"奴隶社会"公众号为数不多的年轻作者，很早就在关系上开始了自己的探索，而且有心得、有方法，她写与爱人和婆婆的相处故事，都是阅读量 10 万 + 的"热文"，有不少智慧的洞察，让我不禁感慨，这应该是位与"自我相处得很不错"的女性。果然，在这本书中，她将生活中遇到的困境统统视作认识自己的契机，向读者展示出一个年轻女性如何从不设限的青春开始，通过不断的观察和反思，一路向内探求，将生活梳理成一个先解决自己问题、后解决其他问题的"递进式"成长系统。她分享的真实故事，涉及自己在留学、职场、婚姻及育儿上遇到的难题，有娓娓道来的温度，也有深入思考碰撞出的"干货"，十分有用。

除此之外，活在标签以外，也代表着新时代女性视野的突破。

井曼曾在新西兰留学，2019 年我去新西兰做教育考察，与她在惠灵顿有过一面之缘。那时她刚刚辞去国内的工作重新出发，举家南迁至奥克兰，目的是在当地开展面向海外华人子女的中华文化教育。可见，这个时代，女性的格局和色彩，已非止步于自我的安定和幸福，更在于生而为人的责任感与使命感。

总之，这本书是一个礼物，值得每一位想要寻找自己、重建自我的女性阅读。

序

解决自己的问题

业余时间写作，我留意到这样一个现象，拥有名校、名企背景的作者表达困境，往往不容易被读者买账，类似"这也算是困境？"的留言，我在很多"大V"的公众号见过，常常获得相当高的点赞数。

优秀的人发牢骚就是不识人间疾苦，曾经我也这么认为。直到我关注到这样一个问题：被困境困住的究竟是什么？

分享一个我身边的真实故事吧。我的一个朋友小A毕业于名校，因为没有进入他梦想行业的Top1，退而求其次进了Top5。他很痛苦。我虽和几个朋友前去安慰，心里的真实想法却是：不至于吧，那Top5可是很多人毕生的梦想啊！

在我看来，小A的痛苦来源于只拿到了进入Top5这个结果。然而，事后我找小A聊天，发现并非如此。对当事人来说，困境不是没有进到最好的公司本身，而是对自己的失望，是他内心深处对于没有达成自己预设目标而产生的挫败感。

事实上，我们每天都会与不同的困境相撞，这些困境不是任何外在的问题，被困住的恰恰是我们的内心——我是不是能力不行？我为什么要这么拼？我的终极方向在哪里？我到底是谁？这种与自我的失联与失控感，无关社会地位，只要对自我存在"认识局限"，就会经历。所谓困境，无非是给我们机会，让我们尽早暴露自己的局限。

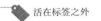

明白这个逻辑，困境本身就不值得过度关注。因为所有可见的外部问题，反射的都是我们与自己的关系。

在与自己打交道的这些年旦，我渐渐不怕与困境相撞，因为我观察到这样一个规律：但凡遇到挑战，我一定会经历一遍痛苦的反思，然后，对自己的认知就会从现有的维度升级一次。在新挑战的刺激下，过去30年，我不断体验着旧的自我认知崩塌、新的自我认知建立的过程。

另外我也发现，任何困境，用方法和技巧都解决不了根本问题，最后总要回归到"我是谁，我的信念是什么，我的目标在哪里"这些关于自我的基础问题上。若想解答这些问题，就要了解自我认知建立的三个阶段（如下图所示）。

聆听他人的评价和反馈

阶段一：个体自信　　审视、区分 ⬆⬇ 肯定、鼓励

对自己的价值有判断，不听信一方对你的价值裁定

阶段二：内核自信　　反思、修正 ⬆⬇ 沉淀、稳固

确定自己的基础信念、核心价值观，找到自己存在的意义

阶段三：行动自信　　反思、修正 ⬆⬇ 延伸

保持符合价值观的正念，用本质思维看问题，用态度影响行动

每个人都渴望向外证明自己，特别是在幼年时期，他人的评价往往会轻易影响他对自己的价值判定，形成积极或消极的初级自我认知。这个时候，从小获得父母的爱和鼓励的小孩，更容易获得积极的认知，这些认知帮助他削弱他人目光对他的影响，在确认自己的存在本身就有独特的价值这一前提下，他将踏上更多探索自我的旅程。相信"我是谁"要由自己去定义，我称这个思维阶段为"个体自信"。

随着经历的丰富，我们会不断向这个世界交出成绩，也会不断听到别人的反馈。两者的摩擦与较量，让我们在做事与思考的往复中，挑战自己的既有信念，最终沉淀出我们看待自己与这个世界的方式、我们的人生意义，以及对未来的愿景。比起个体自信，这个阶段，我们会具化自己的使命和价值，会从内心聚焦出一束清晰而稳定的光，带给我们前行和行动的勇气，这就是"内核自信"。

而在内核自信之上，是行动自信。无论做事还是与人打交道，不知道为什么而做、以什么方式相处，一定会在某个环节卡住，最后不得不回到对内核的探寻中。也就是说，只有一开始找到自己的根基，找到内核自信，我们才有可能在解决复杂问题的过程中保持高维度的认知。即使被困境卡住，我们也知道如何回到原点，回到本质的层面重整旗鼓，自我拯救。

可以说，我们认知自我的过程，正是从个体自信、内核自信到行动自信逐级而升的过程。如果你也认同这个过程，那么这本书可能会对你有所启发。它虽然离"成功学"的货架不远，却将成功定义为一种与自我相处、学会自我接纳的能力；虽然会被归类到"励志"的范畴，却将励志视为一种敢于从困境中发现自我的态度。接下来，我将介绍书中各个部分的内容，帮助你判断这本书是否真正适合你。

第一部分，破除限制

年轻时我们缺少方向，却从不缺少限制，这些限制阻碍了个体自信的建立，需要我们在第一时间识别出来。

我的整个少年时期，都被"你是女生，要有女生的样子"这样的背景音环绕，这些声音抑制了我作为人本身的可能性，将原本宽阔的道路辟出一左一右。与此同时，我又不忍割舍自由，这也是一条不易之路，周遭人的质疑，内心深处"我不行"的胆怯，就像一只易爆的水球，随时提醒着我，"算了，就这样吧"。

我花了很多年的时间，去屏蔽外界的标准，努力踩出属于自己的第三条路径。这些路径，我希望可以作为"重新开局人生"的礼物，带给你接下来不设限的精彩旅程。

第二部分，自我寻找

作为接受应试教育成长的"80后"，我也抵抗不了外在的评判标准，诸如追求高分、高薪、高身价。特别是从小被叫作"学霸"，我早已习惯考试后公布成绩时的那种"傲娇"。2009年，我出国读书，顶着好学生的光环，却慢慢意识到，用外在的成就证明自己可以给我一时的愉悦，但在兴奋过后，总会有一个实际又尖锐的问题摆在面前：下一步呢，你打算怎么走？巨大的空虚感悄然而至。

从少年迈向青年，一个很确定的转变是：看到更广阔的世界，我越发认识到了解自己这件事至关重要。认识的人越多，我越是有强烈的愿望，要按照自己的节奏去生活。而这两件事发生的前提，是始终不忘向内看。

在这一部分，你未必会经历我所经历的故事，却肯定会发现，人一旦进入寻找生命内在意义的旅程，即便选择错误，或迟迟未找到热爱，也并非一件多么令人焦虑的事情。

第三部分，自我建设

或许你也深有同感，有了基本的大方向，也不影响把日子过进具体的每一天，依然充满焦虑和压力。

28 岁我怀孕，第一次成为准妈妈，如何与腹中胎儿共处，遇到突发状况如何处理，成为那时候我不表于口的担忧。30 岁，我和先生从北京搬到奥克兰，职场妈妈突然转为全职妈妈，要说自在切换是假话，将失衡的生活重新摆平才是真挑战。

有句话说，幸福来自对生活的掌控。当身份升级，环境改变，面对熟悉又未知的生活，如何重建这份掌控感，成为迫在眉睫的事情。我们一直认为完美生活是要事事统筹做到最好，可什么是最好呢？我们依赖管理工具提升生活的可控性，但是管理的对象到底是什么呢？

与具体生活磨合的过程是很好的修炼。一个你也可以拥有的态度是：我们不一定有能力改变现实，却可以改变自己看待现实的角度。

第四部分，自我突破

一方面，我们在积极调整自己，重新夺回生活的主动权；另一方面，当生活进入舒适区，总会有些"天花板"等在那里，阻碍我们变得更强、走得更远。

初入职场，我曾在世界 500 强企业的支撑性岗位做过几年。度过最初的新鲜期后，除了等待未来的晋升机会，对当下"螺丝钉"这个身份的认同感也"每况愈下"；做"学霸"很多年，我有自己的一套高效方法，但让学习成为终身的习惯，却不是凭借方法就可以搞定的事。

这些"天花板"，有心理上的，也有能力上的，躲不过，绕不开。然而，我知道若想接近更好，就要视自我挑战为生活的常态，那些突破口，可能是思维方式的调整、方法论的习得，也有可能是透过现象看本质，要求我们重新回到探索自我的修行中去。不可否认，在自我突破方面，优秀的伙伴与前辈给了我很多鼓励，我希望能传递给你。

第五部分，亲密关系

我们总为关系头疼。在我看来，要想人与人之间的关系和谐，少不了两个层面的努力：一是行动上的主动，二是态度上的真诚。对于亲密关系，更是如此。

关于原生家庭：成长告诉我，再和谐的家庭也伴随着遗憾与缺口，只是轻重不同。在我的身上，分别继承着母亲的开朗感性和来自父亲的内

敛理性，而那些我不希望自己继承的，我尝试主动删除和削弱，并且成功了。

关于恋爱与结婚：我经常问自己，那个对的人真的存在吗？伴侣的最佳关系是什么样的？婆媳是否只能"相忘于江湖"？我找到过自己的幸福密码，也在尝试拥抱更多可能。其中的动力和思考，我愿与你分享。

第六部分，教育回归

如何选择最好的教育，是为人父母永恒的难题。可以确定的是，凡是对自己的生活有掌控的父母，势必会对下一代的教育更有信心。

什么是教育的本质？国外的教育处处都比国内强吗？一定要赢在起跑线上吗？那条线在哪里？当我也成为母亲，我手里已然握有两件"兵器"，一件是对中国和新西兰两地教育环境的了解，另一件是我的父母在我身上留下的教育印记。凭借它们，我逐渐厘清了很多教育中容易被忽视的问题，比如，对教育的思考不该以生育时间计算，它应当贯穿我们的一生。

以上算是本书的内容导读。虽然每个部分的故事有限，不足以涵盖人生的全部困境，但若清楚了面对某个具体困境时思考问题的方向和法则，相似的难题也就迎刃而解了。我期待本书"故事＋理念＋方法"的叙述风格，会成为读者解决自我问题的参考，就像一位读者的留言鼓励：我们面临着不同的人生课题，却在你的叙述中找到了属于我自己的答案。

最后，允许我用一个秘密开启这本书：没有真正潇洒的人，那些看似

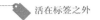

潇洒的人，无非是在 10 分钟前终于解决了在自己内心盘桓许久的问题。

人生就是不断与自己撕扯又和解的过程。认清这个真相，我们会坦然接受所有挑战，因为那是我们重塑自我的必经之路。

井　曼

2020 年 12 月于北京

目 录

出发

人生设线不设限

1.1　说我不像女孩？对，我只是像我自己

　　整个童年乃至少年，我都是一个对自己性别特别不敏感的女孩。

　　5 岁那年，幼儿园中班定期组织表演，面对一屋子小孩，老师问："谁想演白雪公主？"16 个女孩，15 个举手。

　　我对公主的兴趣不大，觉得既然都是演，挑个反差大的演才过瘾。于是第一轮永远按兵不动，等到分配七个小矮人和王子时——嘿嘿，主场来了。我高高举起手，8 个名额，总能被选中。

　　很快，从不报名演主角的我引起了老师的注意，老师将我的行为解读成：我怕选不上，所以不敢举手。于是，某一次表演前老师大胆提议："让井曼演一回公主好不好？"我受宠若惊，汗流浃背，那是我人生第一次演公主。

　　事后被老师问及感觉如何，我特别实诚地回答她：不喜欢。老师皱起眉头，认真地看着我说："记住，你是女生，得合群。"

　　现在想来，老师是出于好意。而我那时候不太明白"合群"的概念，

只知道我又几次举手要求演王子之后，那个教育我的老师开始有意地疏远我，比如碰面不和我打招呼，不再对我笑，但是对班上其他的女生都很友好。

这种情况延续了小半年，这半年间，年幼的我反复质疑自己，"是不是我做错了什么，老师不喜欢我了"，印象里还偷偷哭过。待我幼儿园毕业，这个质疑才慢慢愈合成一道旧日里的小疮疤。

小学的我，短发，高瘦。那个时期，班上的女生普遍玩得精致，只有我和另一个女生玩得生猛。老师深度发掘，发现我竟然还有跨栏的天赋。对此，我也感到挺高兴的。于是，四年级一开学，我就和班上一个女生、隔壁班的三个男生，被召集开始了放学后的训练生涯。

有整整一年半，每天放学，我和队友都要在夕阳西下时，在偌大的操场上目送一拨拨女同学有说有笑、热热闹闹地离开。

按说此情此景任谁都难免"玻璃心"一下，但我两不，正巧那段时间电视台热播动画片《足球小将》，我们经常代入角色，一股热血涌上来："你看，咱俩就是女版的'跨栏小将'，多酷！"

后来也算功夫不负有心人，五年级的时候，我们队代表学校参加朝阳区中小学生跨栏比赛，我和队友发挥超常，分别拿了女子组第一和第三。然而，比赛回来却没有我期待的喝彩，几个男同学开始私下议论，并给我们起外号"怪兽""披着女生外衣的男生"。

那种愤怒和羞辱感，我至今记得。当时我恨不得给这些人几拳，再怒怼几句：除了给女生起外号，你们又擅长什么？！事实上，我也是这么做的。揍完很爽，但第二天我就被请家长。事情的结局是双方家长互相道了歉。之后很久，再也没有人敢给我起外号，然而我也因为这件事，失去了几个之前玩在一起的死党。

中学时的我学习成绩不错，但整体上是个好动的小孩，这导致班主任隔三岔五就把我叫到办公室单独谈话。内容以对比居多，譬如"你看某某是怎样表现的，你又是怎样表现的"。某某永远是成绩优秀、乖巧可人、安分守己的女生代表，更重要的是坐得住。

按照重点中学的要求，女生要有女生的素养，一要听话，二要安静，"温文尔雅"最能概括。而我，恰恰最爱玩，而且很快还加了一条——脸皮厚。因为无论老师用哪个女同学鞭策我，我都表现得"无动于衷"。

真相是：无动于衷是假，不懂、不甘心是真。既然老师说爱玩是人类的天性，那么男生可以，女生为什么不行？我没法说服自己。但我清楚一点：只要成绩好，一切好商量。说到这里，我要特别感谢物理课的简谐运动这一章，因为对公式不理解，我用了一个星期才慢慢吃透厘清。就是那一个星期，我爱上了物理，也建立了思考本质的学习方法。从表象看，我依旧每天玩乐，但成绩开始突飞猛进，一路从班级前十冲到前五，再稳居前二。

到了高三，学校综合排名大考，我排在年级 12/560。有一阵子要先去西楼二层参加尖子生表彰大会，再去东楼一层办公室接受班主任的口头教育。是的，我一不小心成了老师又爱又恨的学生，也成了家长口中别人家的小孩："你看井曼，玩着玩着就能学好，会学习的女孩看着都水灵！"

这段经历被我妈念叨了好几年，"我女儿就是天资聪敏"。只有我知道，一个忙到没时间吃饭的跨国企业高管妈妈，不定期要为了女儿口中的"自由平等"开车 30 公里到学校"讨价还价"。在面上，我洒脱、倔强，但内心深处，我始终对妈妈充满愧疚。

这是我的青春。可以说，对性别的不敏感，确实让我在那个并不太自由的时期拥有了还算自由的童年，虽然这自由，多少背负着压力、遗憾和亏欠。

大学后，我带着好奇翻阅女性类书籍，才有能力对当年的自己说一句：亲爱的，错不在你。曾经那些冰冷的暴力、戏谑的玩笑、有失公允的要求，如果身为女孩的你也在经历，我想说：不要怕，也不要感到抱歉。当我回看自己的来路，我至少看清了两件事：

①坚持自己所爱，并且坚持按照自己的意愿去生活的女性，往往需要承受来自大环境更多的挑战和压力。文明需要时间成本，对抗的路上，你不是一个人。

②曾经的打击，只为了向我警示，一种狭隘的性别偏见的确存在。用力记取它们，然后起码从小环境做起，保护我们的女儿，拒绝沦为性别刻板印象的牺牲品。

环境的力量有多强大？波伏娃说过，我们不是天生就是女人，而是后天变成女人的。

这句话明示着，生而为人，我们一出生就不可避免地活在他人为我们设定好的性别角色中，不是我们生来就喜欢芭比或恐龙，而是我们被各种倾向性别的选项所诱导，不知不觉长成了芭比属性的女孩和恐龙属性的男孩。

性别限制的可怕，我亲眼见过。

小学时我最好的朋友 HX 从不爱参与集体活动，我以为是她天性慢热。直到有一天我去她家写作业，临走时她妈妈突然说："井曼，你是她的好朋友，可要督促她减肥！全班女生，就她跟猪一样。"

我听完一愣，联想到 HX 的种种表现，八成是相信了她妈妈的话，认为女生不能胖，胖是应该惭愧的事，因此才活得谨小慎微。

后来进入中学，对女生的预期又体现在学习上。譬如班主任反复强调：女生的数学可以不好，但语文一定要好。在这股风气下，班上有七成女生把高考前的功夫都花在了作文论据上，至于数学的进阶题，很早就"释然"了。

最让我印象深刻的，还是女生们对美的克制。尤其是天性要强的女生，爱美成了一件很小心的事。课本中夹面小镜子，只在没人注意的时候打开，因为一旦被人发现，自己就会变成"不过如此"的小女生。

我们班的数学课代表是个女生，平时很硬朗的样子，上学从不穿粉色的衣服，但她的房间却到处装饰着粉红色。可以想象，那时候性别偏见的杀伤力有多大。

我之所以"进化"慢，是因为在整个童年和少年时期，这种性别偏见一直都被另一种更强大的价值观冲淡着。这价值观，来自我的爸妈。

记得上幼儿园时，别的爸爸妈妈反复叮嘱小孩"要乖，要听老师的话"。我的爸妈反其道而行，告诉我："保护好自己，任何让你不舒服的任务，你都是可以拒绝的。"

小学时选兴趣课，美术、书法、舞蹈、跨栏、篮球、足球……五花八门的课程扑面而来。我爸问：你喜欢什么？答：美术。好的，勾上。此外，我们还一起勾了书法、篮球和跨栏。我爸说：我闺女，要静也要动；懂得收，也要懂得放。

天性放飞的中学时代，我的男孩子性格已经势不可挡。那么，保证好成绩、不违反校规的前提下，就去做喜欢的事吧。

高三"二模"我松懈了，成绩与"一模"相比掉了15分，班主任找我爸来，说我这么下去一本都悬，以示警诫。我爸却安慰老师：别着急，以我闺女的智商，随便考考也能上一本。不按套路出牌，班主任当场愣住。我爸回来和我一说，比任何激励都管用。

有了他们的支持，我在打破性别心理束缚的路上，阻力很小，风沙很弱。

大学时的我依旧不爱穿裙子，但也只是经常骑车怕麻烦。有次班里聚会，我特地挑了一件妈妈年轻时的黑色V领连衣裙穿上，也算是得体大方。

散场的时候，一个女同学跑来跟我幽幽地说："哟，今天舍得做女孩了？不符合你平常'人设'啊！"说完笑着走了。

她的话，让我翻出了自己都差点遗忘的问题。晚上无眠，第二天醒来又想了半天。我问自己，从过去的经历看（小学到中学），我的潜意识里是不是就抵触做女性呢？如果不是，为什么我经常视彰显男孩子的一面为荣？是要证明我可以成为"男性"吗？我们常说要跳出性别角色，跳出以后又要干什么？

这几个问题，我一直在断断续续地思考，直到看到一部短片，我才找到内心的答案。

Whisper 品牌曾就女性话题展开过一段有意思的采访，他们邀请被访者完成几组指令。

第一组指令给到成年组，"请像女生一样奔跑"。镜头中，男生们摆弄着身体，迈着八字腿，跑得张牙舞爪。女生则踩着小碎步，慢慢悠悠，时不时发出："哦，我的头发！"

然后，同样的指令下达给了一群 10 岁左右的小女生，"请像女生一样奔跑"。镜头中，小女生们使劲在原地挥动手臂，用力跺脚。有一个穿红裙子的小姑娘，干脆直接跑出了镜头。

导演问："当我说像女生一样奔跑时，你想到了什么？"那个 10 岁，留着长发，一身红裙的小姑娘说："尽全力去跑，越快越好。"

这个女士用品广告在 YouTube 上获得了百万点击量。它背后的价值观很鲜明——是女生又怎样？女生的定义由自己。

让我感动的并不全然是影片最后成年组女生获得第二次上场机会时的全力奔跑，而是那个眼神纯净的 10 岁女孩脱口说出的"我就是要全力以赴"。对她而言，不存在以男生的方式，也不存在以女生的方式，只有以自己的方式。

那一刻，我似乎找到了心中的答案，所谓跳出性别局限，不是要让女人变成男人，而是要屏蔽社会对女性的期待，由女性自己去定义女性的价值，最终，是要活成更像自己的人。

如何做到像自己？

首先，是要接纳自己。没有对自我的接纳，也就无从认出自己的独特。在这个基础上，尝试人生不设限。

我观察周遭，凡是自我价值感高、有趣有梦的女性，都有一个共同点，那便是站在人生的起跑线上，她们不曾考虑"作为一个女性，我要怎么活"，而是"作为一个人，我打算怎么活"。

带着我的天性，从 18 岁延展开去，我后来的人生履历大概是这样的：出国，回国，又出国。

第一次，我 21 岁，不满足于北京林业大学旅游管理的专业，到新西兰奥克兰大学攻读了食品工程。

第二次，我 24 岁，拒绝了当地最大公司恒天然的 offer，回到北京，去诺和诺德中国公司面试。

第三次，我 29 岁，海运全部家当，在事业上升期选择归零，回到新

西兰做教育创业。

有点儿折腾，有点儿麻烦，但，也实在有点儿不可抵挡。

若按照社会对女性的预期，这份履历让我一不小心又成了一个"不合群"的典型。在可以轻松的时候，选择了麻烦一点；在可以留在原地的时候，选择了迈出一步。不安分，不安全，不高效。

但是，它却够带感，够像本尊。而且这样的"本尊"，兴许是同频相吸，我总能在生活中遇到。

我的一个女性朋友今年 32 岁，3 年前卖掉了房和车，奔赴大洋彼岸，在新的语言环境中重启人生。那个时候，按照社会标准，到了该忙终身大事的年龄。是觉得结婚生子全然不重要吗？不是。只是对她来说，按自己的意愿生活，要排在比结婚生子更靠前的位置。

在奥克兰大学读书的时候，我经常遇到一个 Kiwi（新西兰人）阿姨和我们一起上细胞实验课。有一回，我看到她的外孙女来接她。阿姨笑着说："我知道你想说什么，我和你们是一样的。50 岁，就是新的 25 岁呀！"

作为女性，顺应社会甚至家人的预期，赚份不错的薪水，平衡事业和家庭（或者更倾向家庭），在人生中场享受天伦之乐，或许是更轻松的选项。

没有停止折腾，只是因为内心深处那个自我，那个作为"一个人"的部分，始终比社会赋予的性别宿命更加强大。

少年时痴迷金庸，"至情至性，笑傲江湖"这句话很多年都是我的 QQ 签名。凭着这个风格，我成功"勾搭"上了我现在的先生。一日，他

开玩笑对我说："在你身上，我看到了一个潇洒快意的江湖，以后有女儿，也要继承。"

女儿果真来了。她的身上，也果真有小少侠的影子。很多时候，我一想到眼前这个女孩，将来会有自己的江湖，就有点儿热血沸腾。

而在那之前，我知道作为一个"侠的母亲"，我自己得先是个侠，先要活得笃定而自信，才能用经历过的"懂"，去回答她进入江湖前有可能提出的各种质疑和困惑。就像当年我闹情绪故意发作，我妈淡定回答的这段对话：

"我是个女生。"

"不，你是一个自由的人，其次才是女生。"

没人知道，这句话曾给了一个女儿多大的鼓励。

不分性别，我们都是自由的人。每一个自由的人，都会找到自己的江湖。

1.2　通往自由之路

业余时间，我在自己的公众号上码字。或许是一些文章暴露了我不谙世事的毛病，有位读者问了我一个很大的问题："如何像你一样，在充满局限的生活中，做个自由的人？"

这个问题让我受宠若惊，因为"自由"这个词本身太大。我知道回答问题之前，先要就问题的本质达成共识。我问自己：什么是自由呢？我现在认同的自由，是一种突破外界限制，掌控自己生活的能力。如果以这个结论作为共识，那么，我还是有一点经验回答这个问题的。

一路成长，我亲历过那些来自外界的质疑——你行吗？来自自我的质疑——我行吗？对前路的恐惧——走错路怎么办？对前进的不确定——摆脱了束缚，然后呢？它们每一条都像一个限制，摆在曾经的我与要走的路之间，让我认清，自由不是用一个方法就能解决的问题，凭一个认知就能到达的彼岸，它是分设在人生阶段里的一道道障碍，每突破一个，我们才获得一项通往自由的基础能力。

对我来说，这些障碍来自四个方面。而这本书的读者，如果你也在不自由的困境中徘徊，以下对我有用的突破口，希望同样对你有所启发。

★　内心障碍一：经常被周围人的意见限制和束缚，不知如何摆脱。

突破口：尽早走出舒适区，展示驾驭生活的能力。

我从小与爸妈一起生活，那是一种什么日子呢？水果切好摆进盘子，衣服叠好收进柜子，学费准备好放进信封。我由衷感激他们对我无微不至的打点和照顾，同时也在心中留下小小的遗憾，若所有事情都有人替你做了，你就没有机会证明自己有能力做好。

在我大学毕业和我爸讨论未来的工作方向时，第一次分歧出现了。爸爸希望我可以留在新西兰，进入当地企业，而我特别渴望回国一搏，在本土施展拳脚。

那天，我爸在表达对我独立生活能力的担忧后，也率先松了口："你去吧，但是 3 个月后找不到工作，你就回来。"我收拾好行李，带着极度想要证明自己的心情离开家。

落地北京后的几个月里，我不敢停歇一天，像上足发条的斗士般，租房子、找工作，从底层开始，练习做一个事事独立，能扛起生活的人。2012 年的冬天，当我在潘家园双井一带的 3 家银行逐一缴齐水费、电费、煤气费，第一次迈进国有企业，并在 3 个月后成功转行进入自己喜欢的公司，我终于鼓起勇气给爸妈拨去第一个视频电话（平时都是语音或者文字聊天）。和上学考试得第一的自信不同，这次我终于有了挺直腰板的喜悦，因为事实证明，我可以胜任自己生活的 CEO。

就是这个开始，让我有所反思。少年的时候，我和很多人一样，经常抱怨自己不自由，明明心中有一些想法，却被父母、亲友、老师、前辈明里暗里"你不适合""你做不好"的声音无情地按在原地。这些质疑从表面上看都是别人的问题，但仔细琢磨，是否也有一些原因在我们自己——此刻正处在别人创造的舒适区里，从未证明过我们有能力为自己负责。

在我工作的第二年，爸爸也曾试探性地向我提出建议：新西兰的市场不错，你回来吧！我坚定地说了"不"，并给出自己想要在国内工作的 5条理由。因为有理有据，爸爸很快认同并接受了我的选择。直到今天，他也坚持对我的信任和尊重，只给建议，不给压力。

这是我想帮助你攻破的第一个内心障碍，若别人的不看好令你无法呼吸，比暗自神伤、反复抱怨更有力的法宝是主动创造机会，去表达你的主见，分享你的是非观，展示你对生活的能动性。你越早表现出这份独立，别人就越没理由为你操心，因为你已经用行动传达：我有能力做好自己的选择，管理好自己的生活。

★　内心障碍二：心中有个喜欢的方向，但目前的能力无法胜任，要去试试吗？

突破口：很多限制都是庸人自扰，在尝试中才能发现自己。

更多的时候，我们陷入不自由的境地不是因为别人的阻挠，而是自己的不确定。

我上学时数理化学得不错，高二分文理班，我毅然去了理科班。这样一来，历史、地理、政治就成了不重要、不紧急的课，我对这几科的要求，很快也压缩为经典的"三字经"：不挂科。

到了高三报志愿时，面对一堆陌生的专业名称，我突然发现自己对"旅游管理"这门专业还挺有兴趣。抱着巨大的期待向同小区学旅游管理的学姐打听消息，换回的却是沮丧，旅游管理属文科范畴，涉及大量的文史知识，而我的水平显然只停留在不挂科的级别。

这是我当时的困境，在能力资质确定不足的情况下，我要不要为了心中那一点点兴趣，向前一步？那时候我的选择是：要。一方面是觉得自己还年轻，另一方面是想到在我拒绝补习班选择完全自学的时候，爸爸给我的评价："当你有了学的意愿，现阶段的能力都能通过方法再提高。"

凭借这句话，我在志愿书上下了笔。9月份一开学，我逼着自己领了历史课代表的职务，如此自我督促，笨鸟先飞了三个学期，不仅拿到了每项文科成绩不低于95分、综合排名稳定在系前5%的成绩，还拿下了国家优秀学生二等奖学金。

时间从彼时拨到现在，面对"向前一步"还是"留在原地"这类问题，我依然还会有各种各样的内心考量，只是，面对潜在的热爱，能力与起点不再作为一同考虑的某种限制。多数时候，我会选择向前一步，是因为过往的经验告诉我，能力不足可以通过训练提高，而选择尝试是一个人自知的开始。

大二读完上学期，我随父母出国，在新的校园重新将专业改回了理科。近两年的学习使我意识到，无论能力提高得有多快，我对文史就是建立不了像对数学、化学那般的热情。但我庆幸自己尝试了，否则我永远发现不了这个事实。

人只有在深入两三个领域，甚至四五个领域后，才能逐渐了解自己的喜好和擅长。那么，在尚未出发时就给自己设立诸多限制，而且还是通过努力就能打破的"虚假"的限制，实在不是明智之举。

★ 内心障碍三：追随内心需要成本，走了弯路怎么办？

突破口：每一段旅行都有它的现实意义。

从国内大学迁到国外大学，把专业从文改回了理，我被人问到最多的问题是："那先前这近两年的时间，你不是白白浪费了吗？"

这曾经是我的困惑。除了确定自己更喜欢理科，从具体产出来看，这近两年的时间，似乎是虚度了。

而且换专业那年我 21 岁，这意味着，别人 21 岁正在欢欢喜喜迎接大三，而我要从一年级重新来过。中间遭遇过尴尬，比如校园内经常有人做问卷调查，年龄一栏里 19 岁以下算一档，20～25 岁算一档，每次我都"忍辱负重"地不敢把问卷给别人看。尤其是想到国内的同学将要毕业工作，

自己却还要"留守"校园，若说没有年龄上的焦虑，实在是自欺欺人。

好在，我知道自己在国内的学习经历还是有用的。

二年级那年，华人学生自发举办大联谊，每个同学都有一次发言机会。在分享出国体验的环节，我临场发挥讲了讲国内的高考是什么样子，在国内上大学是什么体验。本着心得交流这个初衷，没想到在场所有人都对这个话题表现出强烈的兴趣。

当时我感觉挺不好意思。若不是在中国和新西兰都有读大学的经历，我一定不会对中西方的教育理念、文化差异建立直观又接地气的理解。而随后在一门食品研发与设计原理的课程中，我由于在国内提前学习过调查问卷的设计原理，也比其他同学更高效地完成了任务。

这两个发现简直让日子重新明媚起来！曾经绕过的每一段路，投入的每一次心力，你以为不作数的，原来都以见识的形式，滋润你的思维方式，默默给你的视野积累着 credit——在同样的年龄，仅仅是拓展了人生的宽度，你就能成为知识储备更丰富、更有见解、更生动有趣的人。

没到终点，谁也定义不了究竟哪一步是弯路，这是生活的真相。在接纳弯路这方面，我对自己的要求是：回首所来路，忽略投入的时间成本，只关注于经历本身带来的思维财富。做到这一点，我们才能真正拥抱勇气，对来路无悔，对前路无惧。

★ 内心障碍四：自由无限，却不知道何去何从。

突破口：敬畏生活，承担责任。

生活的另一个真相是，当我们拥有了自由，我们不一定有能力驾驭这种自由。你至少会问自己两个问题——自由就是随心所欲吗，我做坏事行不行？真的有了大把的时间，我要用这时间做什么呢？看似拥有了自由，但你却无从将这份自由兑现。

读高中的时候，我是个特别不安分的小孩。试过将刘海染成暗红色，走在阳光下，享受无数羡慕的惊呼。也曾和班主任公然对峙，抗议让迟到的学生罚站在教室的第一排，然后那天，我成了站在教室第一排的人。

但有一点，我不敢对学习松懈，这是我敢于自由支配时间和行动的前提。在我看来，人活于世，是要对生活、对自己所学的专业保持敬畏的，否则便是一个随波逐流、缺乏信仰的人。

学生时代我很快乐，因为我充分体验了玩的乐趣，同时也履行了自己做学生的本分；"斜杠"人生使我很快乐，因为我在为自己创造价值的同时，也在为所属的企业创造价值。

人生一场，每个人都是有使命的，每个阶段都是有使命。如何明确使命？最简单的做法就是借由生活本身。我见过十分潇洒又热衷挑战的IT 人，不是他们生来就具备潇洒、冒险的基因，恰恰只是他们对自身角色永远保持高要求——对系统精益求精，使项目尽善尽美。这种从责任感而来的使命感，为他们的潇洒提供底气。而敬畏，就是深知学无止境，在专业领域内，自己始终是个勤恳的学习者，因此越突破越谦卑。

自由如果被定义为感性，那么触发的前提一定是理性。这种理性，是我们在迷茫时重新审视眼下的生活、所做的事情、所在的关系网，最终凭借一种生而为人的责任，对生活本身的敬畏，找到那个朴素且让人心安的方向。

2018 年，我决定在新西兰做面向华人移民第二代的中文教育，也是凭借着上述理性。当它被放大到世界层面，已然成为一股信念：我是中国人，应当承担一份把中国"还给"中国，把中国推向世界的责任。

而走上这条道路，我知道并非一蹴而就：

如果没有尽早为自己的生活做主，我可能很快就会退缩——我连日常小事都搞定不了，这个我喜欢的领域，我能搞定吗？

如果没有挑战过未知的领域，我可能很快就会拖延——我没有这个本事、那个能耐，我能做好教育吗？要不我再等等看？

如果没有正视自己走过的弯路，我可能很快又跟自己较上劲——你看，我都 30 岁了，万一我走这条路失败了，还不得被职场同龄人甩出好几条街？

当然，如果没有生而为人最基本的担当，我可能根本找不到自己在这个世界的使命。

主导生活带来的自信，勇敢尝试带来的自知，接纳弯路带来的自洽，承担责任带来的自律——当我做好以上四件事，我终于可以出发追求自己

真正想要的生活。因为自由最终的体现，就是我们主动选择了一种生活，并且最终，有能力胜任这种生活。

1.3　早恋这个混蛋的说法

　　如果没有在中学遇到他，如果我的父母不曾开明大度，那么，我对于爱情的很多观点，对于自我的认知，肯定会和现在不一样吧。

　　★

　　17 岁，我恋爱了。

　　对方是重点班的尖子生，家庭变故，考场失意，让本来有机会考清华的他"降维"来到我们班，我也因此与他有了坐前后桌的机会。

　　整个学期，我用妈妈放在家的诺基亚手机与他聊天，请教学习之余，也不忘聊聊班上的谁谁和谁谁。某一晚，他半天没有回复我的短信，我洗漱回来再看，屏幕上是闪烁跳跃着的三个字"喜欢你"。没有预警，我与他就这样确定了关系。

　　刚开始交往，他经常送我他亲手做的礼物。生日是手工蛋糕，降温是手工围巾，不年不节不降温的时候，他捧着一盒纸星星，里面藏信一封，突然出现在我家楼下。我对高二夏夜的全部记忆，因他，也变成了手机屏幕上轻快闪动的两个字"下楼"。

一个手巧心细有才有情的男同学，对于爱幻想的青春期少女来说，是件"杀器"。

然而，甜蜜不过高三，我们的事就被学校通报批评，他被父母急急送去外省念书。这一送，拉开了我们东奔西走小5年的异地序曲。

分开以后，我的收藏品中，开始多出他从远方寄来的信件。他偶尔在文艺的诗句背后向我诉说自己的难，对家庭关系不和谐的失望，更为家人不支持我们而失望，为什么我们要遭遇这种难？我回信安慰，告诉他：一切都会好起来，在那之前，有我陪你。

他复读了一年，并在两年后的夏天，如愿考回北京的大学。

那天我去北京站接他，发现曾经那个轻度忧郁的少年，被火车永远地留在了远方的城市。眼前的人，阳光，俊朗，笑容灿烂，就像棒球帽摘下后的可爱寸头，等待开启一段新的人生。

他说，要特别感谢我，支撑着他度过了最苦的日子。我摇摇头：谁的青春不需要一两个知己来化解心事、分担烦恼？

★

异地时，我俩都没有什么钱，仅有的零用钱也贡献给了通信公司。他的办法就是不吃饭，把每日午饭钱省下来，就为了多聊那几分钟。我也改

掉了乱花钱的坏毛病，有钱攒下来，等他每个周末坐火车来看我，饭钱就不再让他掏了。

穷，是每一对异地恋人都懂的痛。

他离开北京之前，我俩的事就被学校定性成早恋，遭到过四面八方的"围剿"，所幸学习好保我们"不死"，我们在"地下"摸索着发展的可能出路。

在学校和其他学生并无两样，该讲笑话时讲笑话，该避嫌时避嫌，但暗地里都为对方"站台"，容不得别人说坏话、传谣言，尤其是有关他家里的谣言。作为北京女孩，"我挺你，我罩你，打群架怎能少我保护"的气势常常让他吓着。他说无以为报，只能笨拙地为我多做上几件礼物。

他回来以后，我的大抽屉又满过几回。从林大西门跑出来，我坐在他的摩托车后座上，领略过半个北京城的夜景。他说我做的小葱拌豆腐比他们食堂的更好吃，照这水准，以后可以开家餐厅，我说：下回你来我们食堂，保准你不这么想。

只是，甜蜜相聚的日子不到半年，我就出国了。因为距离拉得更远，电话费变得更贵，穷，再一次考验着我们。如果说原来只是省了一顿午饭钱，那现在真的连晚饭都不用吃了。

就这么坚持了两年，某天夜里，我们耗尽了彼此的钱包和等待的耐心，和平分手。

★

分手的原因是多重的，首先是幼稚地觉得，只要心里有对方，不需要维系在电话线上，但久久不维系，也就真的没了共同话题。

其次是我单方面认定，在这段关系中，我一直在接受他的爱，而忘记了如何给予爱。渐渐地，我再也没有意志去分清：爱与感动，到底何者成分更多。

最后，因为太穷了，不好意思花着家里的钱恋爱，不忍心听他在电话里强颜欢笑。《裸婚时代》里，刘易阳在童佳倩家说抽烟屁股能让自己不饿，我看哭了无数遍，总觉得说的是他。

事后，我将这段感情的失败原因一一列出，总结记录在一个叫作"自省"的本子上。

分手后的一年里，我们依然以朋友的身份联系，直到大三那年，我遇见了现在的先生，是他和我最终实现了从异地到结婚的幸福憧憬。而我的前任，也在毕业之前找到了自己的挚爱，后来两人是否过上了幸福的生活，就没有消息了。

不过，他是我交往时间最长的前任。

在这段关系中，我们没有上演过互相伤害的狗血剧情，但经历了数不清的沟沟坎坎。没有人教会我们恋爱，尤其是在此起彼伏的反对声里，但我们还是义无反顾地在一起了。

对于我们的过去，我只有骄傲。即便这段恋爱戛然而止在岁月的一隅，

但是，他在我心中留下的印记，成为我爱情观的重要底色。

因为他，我在告别了精神洁癖的年龄依然握着感性，依然深信爱不该是功利的。如果有幸在下一站遇到爱，那么，希望我们选择牵手的原因只来自心，而不是用脑。

因为他，我也不再排斥理性，开始学会放下偏见，重新审视"经济基础决定上层建筑"。我意识到，"经济不差"确实是一种刚需，对我、对未来与我牵手的他都同等重要。但这不代表我开始认为钱比情感更重要，恰恰相反——我要成为一个经济独立的人，只有这样，当我在遇到那个人时，才能带着 10 分的底气向他说出：请让我来爱你，因为此时此刻，我拥有爱你的全部能力。

★

我曾在国内参加一个教育工作坊。到场家长被随机分成 10 组，6 人围着一张圆桌参与话题讨论。结束前的最后一轮，有家长提出这样一个问题：你是否接受子女早恋？

"耽误学习啊！若在情窦初开、还不知爱为何物的年纪遇人不淑，那么孩子很可能心有戚戚，对下一场恋爱不敢再投入真心。"

"谈好恋爱其实也是学生的'加油站'，再说都是学生，能遇到多坏的人。反而这个时期才能体验最纯粹无瑕的爱，是好事。"

预想之中，现场的家长分为两派，而那天的讲课嘉宾因为时间的限制，只给出了接受的回答，并没有做具体的解释。

作为一个女孩的母亲，这个问题久久回响在我的脑海。我也问自己是否接受，答案是：当然接受。只不过，早恋还是晚恋，这个"早"与"晚"的标签，不应该由父母贴在孩子的身上。

★

不接受一方的论据，我自然是理解的——恋爱后学生成绩下滑的现象确实有；遇人不淑也可能发生，毕竟，每个人都是一道深渊，没有人能给人性上保险。

然而，这些论据是否真的站得住脚？

首先，成绩下滑的真实原因就经不起论证。

如果没有早恋的经历，我的第一反应或许也是——多耽误学习。

幸好我有过。我自己就是早恋影响学业的反面，而且，我们那届学生基本人人都知道：恋爱当然不能耽误学习啊，否则直接"狗带"！

那么为什么就有小情侣"中枪"，成绩迟迟起不来呢？仔细分析，是否有这种可能，父母的一句"你恋爱了，你的精力分散了，所以你成绩下降了"，我们就被盖棺定性，耳朵日日磨下来，这句话隐隐地成为我们心底的咒语——哦，原来我学不好就是因为谈恋爱，于是，不再从自己身上找原因。举个例子：高二下学期，我的数学成绩曾退后到班级第五，一时很难提升回去，得知我的情况后，数学老师在两次谈话中均没有就扣分的题型做辅导，而是提醒我把心思用在正经的地方。我也批评过自己，但钻研之后我发现，成绩下滑的原因不在恋爱，而是对一个函数概念的理解存在偏差，从而导致同类型错误频发。

如果我们也带着先入为主的想法，错误地估计了孩子处理爱与学习的能力，认为选 A 就不可能兼选 B，久而久之，他们自己也相信了，从而更加忽略学习方法，在别的方向上盲目使劲——这才更可能是孩子成绩下滑的主要原因。

再者，女儿想恋爱，我想阻挠，就真的阻挠得了吗？

我见过太多案例，阻止不了的。那么，我的解决方案是，与其站在对立面，不如成为守护者，与孩子结盟，尝试跟进过程，慢慢渗透。

当我爸知道我恋爱的消息，第一时间就亮出了小窗口找我单聊，但是，他全程没有表示过"你不能恋爱""那男生谁啊？配不上我宝贝闺女"这类言辞，而是"你遇到喜欢的人，我替你高兴""我希望你能一直高兴"。

我听完无比温暖，因为觉得父母支持我。面对老师、学校等外界的质疑，至少我拥有家庭的守护，不是在孤孤单单地战斗。于是，我打开心扉，尝试向父母真诚地介绍他，我喜欢他的原因有哪些。

即便后来爸爸告诉我，从长远来看，他可能并不是最适合我的伴侣，我也没有当场跳脚，我的心底有个弱弱的声音默默在说："我并不同意你们的看法，但给我时间，让我想想看。"

所以，让孩子不敢再投入真诚、勇气的原因，真的只是遇人不淑吗？

难道不是父母、学校、老师一上来就把孩子推出门外，将他们的情感定性为早恋，强烈抵制，施以"酷刑"吗？

两年前我听过这样的新闻，一个 15 岁的重庆男孩由于早恋被学校勒令退学，被父亲多次责罚，最终选择从高楼坠下，结束生命。

当时我想到初中认识的一个网友，也是在情窦初开的年纪，遭遇父母的极端反对，选择离家出走，和女孩在河北租了房。为了生计，两人先后辍学打工，后来有没有再回家，就不得而知了。

那些被贴上早恋标签的孩子，或许没有当初的我那般幸运。他们内心的煎熬与恐惧，我不敢想象。他们的父母在得知自己行为失当后的悔恨，我亦不敢想象。

黄磊说：早恋本身，并不是洪水猛兽。反而在家长和老师不分青红皂白的批判下，孩子回以反抗造成的一切矛盾，才让早恋变成了十恶不赦的罪过。

遇人不淑，或许父母用对了方法，还是可以保护我们远离苦海，然而，若父母本身就是苦海，孩子们又该逃去哪里寻求庇护呢？

最后，感谢那个人，给我们的孩子补上缺席的一课。

我时常想，若我没有遇到前任，一定是我学生时代一件挺遗憾的事。

因为我们在学校的所有课程，都是教导我们如何与这个世界相处，只有那个肯和我拉起手的人，愿意和我共同探索如何与自己相处，与亲密的人相处。有时候想想真的可笑，那场被家长频繁阻止的恋爱，那个被学校极力拆开的人，却是我们在青春期向内看的唯一路径和抓手。

对待亲密关系，我们是学习者。恰恰是在恋爱中，我们一步步懂得自己，懂得对方，懂得关系。就像那时的我和他，实实在在地相信着，精神的富足相对于物质的富足，是一种更为可贵的幸福；亲力亲为地认证过，口头提醒对方"多喝水""注意身体"，不如亲手煮一锅暖汤、寄一件衣服更能表达关怀。那么我们的孩子，也需要这样的经历，体验自己的初心，了解什么是心动、什么是相处。

我与前任曾经被定性为早恋，在克服障碍的过程里，我们并不是最适合对方的人，但终究没有遗憾。

"不要轻视自己"，这是曾经长辈对我的告诫。但我知道遇到他，我俩谁都没轻。

感谢时光那头的人，感谢过去的喜悦悲伤，让今天的我们，成为更完整的我们。

1.4 摔倒哭完，继续赶路

我的身上有几处深深浅浅的疤痕，最明显的一处在脚踝，那是小时候调皮，一只脚伸进自行车轮子留下的。就算事后护士处理好、包扎好，我依然哭到无法自已，接下来的五天晚上，一定要赖在我妈的被窝里求亲亲求抱抱才肯入睡。

等我长大，依旧会受伤，但以上求安慰的情况再没发生。我慢慢有了这样的意识：比起外伤，真正漫长而消磨我们的，是内伤。

我在前文中分享过，小学时我体育出色，班上几个男同学因此挑事，我气不过与他们动了手，请来家长道了歉才算了事。其实，这件事并没有因此结束。

在那之后，我被曾经玩得很好的朋友突然孤立，被老师贴上"危险小孩"的标签。怕父母知道担忧，我一直缄默不言。有段时间，我甚至抗拒睡觉，总觉得坚持不睡，第二天就能来得慢一些。

谢天谢地，五年级下学期结束后的那个暑假，爸妈安排全家旅行。六年级一开学，体育课又逐渐被文化课替代，没人再有力气"作乱"。我的生活也慢慢恢复到原来的节奏。

这件事并不值得庆幸。因为那些害怕、恐惧、敏感、多疑，都真实地存在过，它们不曾在我的身体上留下任何伤口，暴击指数却是被车轮碾脚的万倍。

最让我后怕的是，我发现当年身陷泥沼的自己竟没有任何方法自救，无非是一个人扛着。若不是幸运地赶上全家旅行，小升初课业压力倍增，我不知道自己还能扛多久。

现在的我，早早摆脱了当年的"窘迫"，面对挫折，即便一个人的力量很薄弱，我仍然可以采用一些积极的心理手段，度过最难挨的时光。这种掉进坑里，自己把自己挖出来的能力，叫作逆商。

我第一次知道逆商，是从公众号"奴隶社会"的一篇文章里，标题叫"20 年后看高考，人生到底考的是什么"。

什么是逆商？看完文章，我忍不住又在网络上搜索一遍：逆商，英文全拼为 Adversity Quotient，它是指人们面对逆境时的反应方式，即面对挫折、摆脱困境和超越困难的能力。

这种能力有多重要？据世界卫生组织 2016 年统计的数据，我国每年的自杀率是十万分之 9.7，在世界排名中段偏前。

我没有萌生过轻生的念头，没办法真正对困扰轻生者的"生命无法承受之重"感同身受。但是，当我听闻师生矛盾、考场失利、失恋失婚、朋友反目占据自杀原因靠前的位置时，我有些惊讶。

有些可大可小的坎，若我们采取积极的应对方法，是可以迈过去的。只要我们迈出过这一次，就会有第二次、第三次、第四次的尝试，然后，我们就会摸索出对抗压力的经验，摆脱眼前的困境。

我小学时经历的困境，长大后仍会不定期上演，我依然会被误解、阻挠、贴上标签。坎一直有，只是它们越来越难以撼动我的生活。因为我会重复练习下面两句话：

世界很大，我的价值不困在眼前这一两件事上。

人生很长，我的信仰不因一时的舆论产生动摇。

★ 第一句话：世界很大

在与前任的恋爱中，我的心理压力不只是来自距离远和经济能力不足，还有身边亲戚朋友的极力反对。"一个低收入家庭的普通男孩，有什么值得你投入的？"他们不光反对，还试图游说我的父母，对我的选择及时干预、及时"止损"。

我试过各种方法，当面解释，写信陈情，发自真心说出"我相信爱本身的力量，即使我们最终没在一起，我也希望用青春试错"，换回来的也只是沉默。

我掉进新的泥沼里，闷声不响，一个人扛。这种扛，最终加速了我们的分手——怕他知道我的顾虑，我不再日日与他联系。分手前，联系频率从每天五六次跌到了一个月五六次。

然而，扛着压力前行，并不是那个时期最让我受挫的，真正让我受挫的，是当我们分手的消息在朋友圈传开，曾经不看好的亲戚终于找到了印证他们价值观的凭据。没了"战场"，无处辩解的我，才真正无力了。

有段时间，我固执地认为自己的价值随着恋情一起消失了，我可以被人轻易否定、轻视，被冷箭射伤。为了避免这种"伤害"，我索性把自己关进房间，一遍遍自我怀疑。我知道，我需要一点时间，想明白、理清楚这一切。

少年时的狼狈在于没有人教我们如何提升逆商，自救于水火，这方面听到的最多的鼓励，无非是"你要勇敢，要主动，要乐观"。可是，怎么勇敢，怎么主动，怎么乐观呢？

那时候，我手上有一份中文家教的兼职，为了避免胡思乱想，也为了满足自己的公益梦，我额外申请到一份动物保护组织NZPA的志愿者工作。只要你想深入了解社会，很多领域都为青年人提供志愿者岗位和义工机会。

走出去的那段时间，对我有神奇的治愈效果，在帮助人、与世界交互的过程中，我重新找回了一点热情和信心，它们让我如释重负。你看，我不是一无是处；你看，我的价值正在别处发挥着功用。

那一年，我23岁。

没有学习过如何培养逆商，但是，经历失败又重新站起来的过程，让我明白，某一个领域的失败，并不代表我的人生就是失败的人生。如果我愿意拓宽此刻的生活，我会看到更大的世界，在其他触手可及的领域，我依然可以选择发挥价值，让生活继续向前，让自己恢复过来。这是我无论如何都不能放弃自己的理由。

★　第二句话：人生很长

24 岁，我拿到海外文凭，回到国内，加入了诺和诺德中国。

我钟情于大企业的文化氛围，特别是人性化的鼓励机制，可以全方位帮助员工成长。在诺和，每个员工都被鼓励找到一个 Mentor（精神导师），任何职场内外与成长有关的困惑，只要你张口，他们都会给你引导并帮助你解决。

Sue 是我在诺和的第一个 Mentor。入职两个月，我第一次走进她的办公室，带着初出茅庐的青涩，我尽量表现得礼貌、谦逊、不逾矩。然而，在不到半个小时的交流中，我就被 Sue 的真性情和接地气打动。

整个聊天过程中，Sue 不止一次停下来对我表达："Sophie，我感受到你的能量密度很大，这个状态非常好。"我很惭愧，告诉她真相不是这样的，我偶尔会勇气涣散，上学时被贴上标签，被拿来和别人家的孩子做比较，被亲人评价为不精明的小孩……甚至到今天，当我按照自己的人生信条做事，结果不尽如人意时，我还是会下意识地陷入自我怀疑。

她表示惊讶，很快又恢复平静："可是，你今天还能量满满地坐在我的面前。这就说明，你依然坚持着你自己的信仰，没有被困境打败，

对吗？"

她的话点醒我，我从未被真正打败过。

曾经的挫败，无论以何种形式降临到我头上，其核心都逃不过自己内心深处的执念：我现在好失败啊，我相信的东西被证明失败了，我被人嘲笑了，我还要继续坚持吗？

女孩体育好是不够女性化的，有个性的孩子是不受欢迎的，恋爱不有利可图是不够精明的。这些我都不服，于是发起挑战。然而，在无数个当下，我都被证明挑战失败，负面情绪满满。

可是，经过时间之后呢？我欣喜地发现，当下的世界，规则正在悄悄改变。会点儿跆拳道、体育好的女生似乎总有特殊的吸引力；改变世界的乔布斯，上学时也是个个性满满的别扭小孩；而恋爱呢，没有 the one 的感觉，即便过了适婚年龄，青年男女谁都不愿意委屈自己。

经过 20 年的时间，什么是正确，什么是错误，什么事情重要，什么事情不重要，已变得模糊不清。

于是，唯一重要的只有：当初的信条，我还在相信着、践行着吗？

失恋后的 3 个月，我问过自己：爱情没了，我还在相信爱吗？答案是：我相信。我想再给自己一次机会，给爱的信仰一次机会。我走向社会，持续学习，一年后，我在人群中遇到了他。因为对爱情秉持一致的优先级，我与他一拍即合，那个时候我由衷地感谢自己，没有放弃曾经的态度和坚持，最终收到了岁月的回礼。

不要因为外界的普遍评价否定自己，我们只需将自己交付于生活本身，time will tell（时间会告诉我们答案）。这是自我否定后，我学会的另一堂课。

据说，受挫力是一种肌肉记忆。年纪小的时候，我经常被大人鼓励要迎难而上，直面挫折，要不失热情，大胆试错。站在结果处回看，这是不错的。毕竟，我 20 岁左右经历的恐惧、困惑、迷茫、遗憾，无一例外成为我 30 岁左右的自信——我曾经从那样的困境里走出来过，未来遇到相似的困境，我也依然能够走出来。

只是，在年纪尚轻的时候，我并不具备今天的见识与心智，并不知道当下的恐惧、困惑、迷茫、遗憾，在我的人生中扮演怎样的角色，担当怎样的作用。如果再重来一遍，我希望那时候有人能够拍拍我的肩膀，告诉我：嘿，少年，世界很大，人生很长。这里的石头，会成为别处的金子，今天的坎，会变成明天的平地。你可以难过到大哭，但别忘记哭完抬头看看周遭的风景，想想明天的早饭。你不只活在这一刻，还活在滚滚向前的未来的人生里。

当我明白这些道理，挫折已经在岁月中展示出它们来过的意义。的确，前路很少以我们期望的方式展开，但世界很大，人生很长，当我站在时空之间，我才清晰地听见勇气落地的声响。

这是生活给我补上的逆商课。现在，是时候亲自上场，做那个给出鼓励并拍拍肩膀的人了。

2 寻找

遇见世界，找到自己

2.1 自我实现的故事

第一次思考自己想要过什么样的人生，是十三四岁的夏天。

在姥姥家午觉醒来，我倚在桌前，正发愁一篇命题作文。姥姥是语文教师，大概小学三年级起，我和堂哥只要来姥姥家玩，就会被布置一篇周记。那天我是不情愿写的，实际上我还不情愿做许多事，觉得没有意思，也不知道做来干什么。

若不是当天下午家里正好来了北京四中校友报的记者，我站在门缝前偷听到姥姥的采访，可能我心中的那束光亮，要来得更晚一些。

姥姥说："年轻的时候参加抗美援朝，中年开始做教师，其实是一回事……人要选择为更大的事情活着，人生也就有更大的意义。"

我当时不明白什么是更大的事情，只觉得这句话好帅，于是默默记住了。没有料到，当时心底被拨动的那根弦，多年之后就真的改变了我的人生轨迹。在那之后的小 20 年里，我成功地把人生活成了一部四季的"理想主义蜕变记"，剧情有冲突但不狗血。每一季，或许也有你的影子。

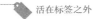

★ 第一季：对抗

离开姥姥家的小屋，我读完初中、高中，来到大学，形成了一些自己的价值观，但什么是更大的事，那个时候仍然是不清楚的。

2009 年，我第一次来到国外，心情复杂。这种复杂，既有对未知世界的警觉，对熟悉生活的不舍，也有对同龄人身上一种"我就是要过上有钱生活"渴望的敏感。

表面云淡风轻的西方世界，同学之间稍微聊聊，就会深入：哎，你开什么车？租的房还是买的房？什么地段？哎，你是国内哪个城市的？父母是做什么的？每个月给你多少零花钱？哎，你有没有身份？准备怎么搞身份？怎么搞到的身份？

这些渴望没有招惹到我。财富重要吗？当然重要。钱是一般等价物，谁不想有朝一日凭自己奋斗出千金身价。成功不好吗？我也想要功成名就。只是然后呢？如果成功就是全剧终，我想不出激动人心的"然后"了。

主流在那里，能够融入自然是好的。只是，当我尝试将"人生的目的与人生的过程"一分为二，我至少在两种未来中看到自己。

第一种未来：跟随主流，将追求财富和权贵视为人生目的。我设想多年奋斗之后我终于够上了上流社会的门槛；50 岁来临之前，在名利场被奢侈品填满自己的人生。那时的我或许满足或许没有，但应该早早就放弃独立的自我探寻，然后在某一天清晨醒来，因为不满衣帽间的布置，憋火又恐惧地拷问自己"是否成为物质的奴隶"。当然，在有资格发出拷问前，每一天对于我应该都是漫长的。

还有第二种：另辟蹊径，将财富与成功当作追求幸福生活的工具。我追求财务自由，但这财富只是支持我实现人生理想的云梯。世俗的成功重要，但这成功仅仅是我站在理想门口的垫脚石。那些透过门口来自更远处的光，才是我追求的彼岸。这光我现在还看不清，但或许就是当年姥姥口中的，那些更大的事情。

我热血地选择了第二种人生，直觉灭掉了第一种人生。那么，我心知肚明，若有些话题背后的价值观正在挑战你的底线，你可以转身离开，或者采取行动。

某一天，我饶有兴致地向同学说起自己在做家教，有个同学听完十分吃惊："Sophie，你那么缺钱花吗？"不爽，但还是稍作解释："不是为了钱，分享知识本身也有意义啊。"那个同学张大嘴巴，表情像是第一天认识我。

或许是那张脸激起了我的求胜心，在这以后我做了许多特别"激烈"的事，比如，汉语兼职以最低工资连续做到毕业回国，在当地很火的华人论坛注册账号写文章、评时事，内容以批判拜金主义为主……

谁没年轻过呢？谁年轻时没有迫不及待地辨是非、判黑白，极力想证明自己是谁、不是谁呢？事实上，年少的我们很容易沉迷在自己制造的感动里，任何挑战的声音都能将我们武装成末日英雄，手撕、面怼，恨不得下一秒就改变世界的规则。

★ 第二季：创造

那些年，我还买了很多畅销书，书中写的是那些年少成才财富自由的人。

认真研读下来，发现那些奋斗几年就开得起名车、住得起豪宅的真人案例，过程虽然足够励志"鸡血"，但背后鼓吹的价值似乎千篇一律，成功只表现在肉眼可见的金钱与权力之上。

如果文字和口才可以引导人的思想，为了心中的价值取向，我也愿意放手一搏。

很长一段时间，我见朋友打电话，几乎都少不了说价值谈追求，为自由独立"站台"，为"人要有精神追求"呐喊。后来有机会和一个心理学学姐吃饭，在我侃侃而谈之际，她突然打断我："听下来，你似乎觉得自己的价值观比主流社会的更高级？"

我忘记后来是如何尴尬地回应她的，只记得那顿饭吃得我如鲠在喉。

或许正如学姐所说，一直以来我极力反对社会上对拜金主义的鼓吹，只是想证明自己的价值观更正确、更高尚、更值得追求。然而，我也听出了学姐的画外音，有那么几个瞬间，我真心自问过：我的价值取向真的有资格代表正确、高级、权威吗？或者说，价值观果真可以被贴上标签，分成三六九等吗？

思考的结果是，我停止了一切激烈评判的行为，决定把力气花在自己身上。

仔细想想，我当时真正的痛苦是什么？无非是内心的价值没有在现实世界中找到可行的路径——我希望自己可以因为内心充盈被环境厚待，而现实生活偏偏崇尚物质丰盛，我无法逃离，困在原地，自然痛苦（反过来也一样）。

有办法自救吗？还是有的。

如果说那些年我做过什么自我安慰的事，大概就是突发奇想，创建了一个博客，每日输出文字释放自我。在这个小空间，我相对自由，可以选择频道相投的人成为朋友。朋友多了，我在某一天突然发现，原来还有那么多人站在我的身后，原来自己在所坚持的领域并不是孤独的。

若大环境与你的内心背道而驰，与其扯着喉咙分出高下，不如自己先创造一个小环境。这是在不那么自由的20多岁里，我做出的尝试。

★　第三季：绽放

到了大学毕业，我感受到体内有两个自己在斗争，第一个是快乐的，如同困兽终于尝到了久违的自由；第二个是焦虑的，我已成年，要对接下来的人生负责，而未来的路在我看来很远，充满了未知与不确定。

没有具体择业方向的我索性追随内心回了国。我的第一份工作，是在北京一家旅行社负责做房车的市场调研。项目不累，环境友好，且有同年龄段的同事，在一起也总有话题可聊。然而3个月后，我还是辞职了——除去少数勤奋肯干的年轻人，公司上下多半是待退休人士，经常做着 PPT，慈爱的声音飘过来："小姑娘，有空帮我看下这件衣服怎么领券啊！"助人为乐是好事，但建立不起公私界限就尴尬了。

那时候想，做学生的时候自由度有限，选择不了外部环境，那么毕业后的我至少有了更大的选择范围，至少可以主动拒绝令我不舒服的环境。

再次递出简历前，我留了个心眼，先做好功课，看看下一家公司的文化氛围是否和自己气场相投。选择诺和诺德，一是因为它有"改变糖尿病"的愿景，二是因为它的"三重底线"原则。除了做好自己的生意，环境与社会责任它也愿意参与和担当，不完全功利，让我喜欢。

在诺和，我度过了离自己最近的一段时光，从 IT（信息技术）转到市场，自我价值感也在离患者更近的平台不断外延，即便是孕期出差，我也不觉得工作是种勉强。

"我要在健康医疗方面，和志同道合的人，做着改变世界的事。"在很多个瞬间，我会因自己喜欢的工作正巧可以解决别人的问题而心生欢喜；也有很多个瞬间，我认为自己已经找到了那件"大事"，我的后半生或许都会如此度过。

然而，我没有在此止步。

★ 第四季：超越

加入公司的第二年，自觉状态达到小巅峰的我，报名加入了诺和志愿者协会，代表公司参与了几个公益项目。这些项目，福祉对象都是孩子。

其中一个项目，公司资助秦皇岛的一所贫困小学，与五年级的孩子组成互助组，协助他们制定周学习目标，解答关于自我、生活、学习的困惑。项目结束时，我们收到了几十封孩子们手写的感谢信，有同学写道："长大后，希望成为哥哥姐姐一样的人，温暖他人。"

当时鼻子一酸。原来在有生之年真诚地影响过一些人的生活，在别人的世界里留下一些印记，是这么有满足感的事情。

因为这件事，在项目结束后，我对自己说：你现在也算是有一定能力的人了，关心世界主流问题的同时，也要多关心世界的边缘问题。就这样两年后，我离职回到曾经留学的国家开始教育创业。这个决定起初让我自己也感到意外。

离开公司的前一年，我回奥克兰休假，和好友去朋友家做客，朋友家15岁的少年临时接待我们。打过招呼，男孩驾轻就熟地用英文开场："我不是中国人，请不要跟我讨论中国。"当时听完没有愤怒，但那种震惊和心酸我始终记得。

朋友家的情况虽然极端，但不是个例。有这么一群中国人，他们生在海外、长在海外，长期处于与祖国失联的状态，对于中国，他们不了解，或者说，他们被某些单一的信息覆盖，不能全面地了解中国。

那么就不管了吗？在某个睡不着的夜里，我突然鬼使神差地做出决定：我要尝试做一架桥梁。

这个尝试的过程，除了辞职、把家搬到国外等一系列折腾，还有更实际的两座大山：第一，我不是学教育出身；第二，我没有资源。

从市场调研阶段起，我就常常陷入自我怀疑："你是这块料吗？你能做好中国文化教育吗？"唯一支撑自己到如今这个阶段还没放弃的，想来想去就是内心深处的执着，以及当年姥姥在小屋中说的那句话，"人要为更大的目标生活，人生也有了更大的意义"。

什么是更大的目标？决定辞职时我算了算，"改变糖尿病"在诺和就有4万多人在做，那么新西兰的中国文化教育呢？其实就那么屈指可数的2～3家。我问自己：你要去做分子还是分母呢？心里很快有了数。

秉承这一初心，在筹备了两个春天后，2020年5月，我在新西兰注册了一家创业公司，起名"拾墨文化"，并在疫情期间同国内的教育先行者合作，希望通过探索本质和跨界思维，为新西兰的华人孩子打造"有趣可用"的中文教育环境。我不知道这家公司最终能否成功，但我知道，这会是段激动人心的旅程。

以上是我截至30岁的自我实现之旅，在对抗中寻找自我，也在找到自我后打破重塑。在这条路上，我厘清了三个道理。

①没有哪条道路是真正容易的。

年轻时，我有这样一种少年逻辑：我相信什么，就要向世界大声说出来。怎么做成不重要，气势装备不能输。人有向外证明自己的本能，这个状态本身是合情理的，只是随着成长，我渐渐意识到，没有行动，空喊口号，是一种消费价值观的行为，把事情做成才是最难的。

就像当理想具象为在西方做中国文化教育时，动动嘴皮说"我要做"并不能帮助我成为一个真正的教育者。要么选修教育回校深造，要么进入教育领域近距离学习。

而在行动的过程里，你很有可能想到放弃。别人的不看好时不时泼你冷水，不断超纲的问题分分钟挑战你的底线，你发现这条路的难度超过你的想象，同时你也问自己："若当初没有迎难而上，而是做一份轻松的工作，会不会更好？"

答案是：并不会。

旅行社的工作虽不是我的最爱，却是相对轻松的。为了迎合环境，我也可以将真实的自己短暂压抑下来。然而伪装需要力气，无趣与无感会令人麻木，若朋友都在坚持梦想的道路上百战不殆，我看到他们的状态，肯定会心生羡慕地问一问："这就是我想要的生活了吗？我甘心这样吗？"

与追随内心生活遇到的困难不同，迎合环境的代价往往是延迟且更加残酷的。因为一旦迷茫出现，我们早晚要重新来过。

②认清内心的核心价值观才能谈人生的一切问题。

回看二十多岁时走过的路，过程虽有痛苦，但也给了我机会将自己的价值观反复校正，直到确认"精神充盈"是我不能割舍的人生追求。

这个追求来自我的核心价值观。可以说，我之所以能找到教育这条路，正是核心价值观在起作用。

首先，什么是核心价值观？就是我们最看重、觉得人生中最能让我们感到幸福快乐的东西或准则，比如亲情、自由、诚信等。我的核心价值观在于精神的满足。早年时我并没有能力将其提炼，行动多来自姥姥的启发和日常零散的认知，而后期当我找到它后，我开始带着发现的眼睛，观察周围生活和各行各业，直到偶然的机会遇见教育，我们一见如故，契合度很高。我们是否能够体验到深度的幸福，说到底是靠核心价值观做指引。

那么，如何找到这个神奇的核心价值观呢？有两个方法。

第一，向外探索。如果周围人的言行态度和价值选择对你产生强烈的吸引，那么你的价值观很有可能与之契合，尝试将对方吸引你的具体方面记录下来作为线索，当这些线索形成一个交集，你的价值观通常也就隐藏其中。（正如姥姥当年的一句话对我产生了影响。）

第二，向内发现。任何逆境都是检验我们内心价值的试金石。回顾这些逆境，找到每个逆境中你认为最在意、最不能舍弃的准则，画一个圈，准则的交集就是我们的核心价值观所在了。（少年期的对抗和转型中遇到的难题都是我的逆境。）

以一生为计，有人走过半生都没有找到自己的核心价值观，有人在挫折中于人生早期就已经确定。但无论是主动寻找还是被动发现，只有确立了核心价值观，我们才能建立内心的秩序，并以此为标准去定义接下来的人生，最终出发去实现这样的人生。

③内外一致的人生是目标，而做到极致，就是理想主义。

从学生时代局部活跃的小圈子出发，到毕业后挑选喜欢的行业再转型，过去的 10 年，我逐渐从向外证明自己的束缚中抽离出来，转移到向内的自我兑现中去。我尝试将野心定为把事情做成本身，而不再是自己的姿态。最终，我找到了通往幸福的解决方案，即努力在现实世界为内心的价值观找到落地的路径，成为一个"内外一致"的人。而这些年我也意识到，将内外一致实践到极致，其实就是理想主义。

少年时雾里看花，总以为理想主义是个"高大上"的词，只有能力非凡的人才有资格选择。其实，理想主义离我们很近，说到底，就是肯将自我实现做到极致。你会这样问自己："当我过上了喜欢的生活，我还愿意走出现在的舒适区，尝试半径更大的挑战吗？"

选择愿意，那便是找到了更大的目标——我要将内心激励我的力量，延展到更多需要它的地方。到了这个阶段，我们便不再纠结于自己能不能做到，而是在执行的过程中，轻快地告诉自己：这就是我存在的意义。

回到十三四岁的那个普通下午，我的所有困惑、迷茫、寻找，似乎都起始于姥姥家的小屋，而 7000 多个日日夜夜没有白白过去。曾经姥姥的人生价值在校园与战场上实现，现在握紧接力棒，我也走上了自己的"战场"，赶赴实现自己的人生。

2.2 人生的三个维度

　　人生走到一个阶段，探索自我就成了必然。小到一日三餐，大到人生抉择，我们对自己不了解，也就无从做出有助于自己的正确选择。而在这条探索的路上，我们几乎都问过自己三个经典的问题："我是谁？我要去哪儿？我要以多快的速度去到那儿？"少年时的答案很虚，因为生活才刚起步，没有足够的视野和数据做支撑。

　　十多年过去，在深度、广度和进度上分别体验过人生，我发现一个很有意思的视角，假如我把体验人生的三个维度分别放进以上三个问题，会怎么样呢？

　　我的人生被这个新的思考角度重新点亮。

★　深度：每个角色都经得起深入推敲

　　我是谁？这个问题太过宏大，不好回答。但如果按结构化思维对目标问题稍作拆解，就会发现无论我是谁，答案都逃不出家庭的我、社会的我、自我的我这三重身份。把这三个场景下的"我"弄明白，我们就能成为更通透的人。而现实生活中，我们往往把力气浪费在角色表面，对角色更深的属性了解不多。

① 家庭角色：记忆创造者

在女儿和妻子这两个角色上，我一直给自己打 70 分。原因有两个，对认为正确的事情，我总有一股指点江山的控制欲；对待吵架，我经常照顾不到别人的情绪，先让自己说个爽。直到两年前，我看了皮克斯的动画电影《寻梦环游记》。

上映一周，在豆瓣拿下 9.2 分的成绩，也拿下了 2018 年奥斯卡最佳动画长片。死亡就是消失吗？故事给出了极其治愈的答案：死亡不是终点，遗忘才是。"当尘世中再没有人记得你的时候，你才永远从世界上消失了。"

我当时刚刚"升级"为母亲，特别想借这个角色制造自己的精彩，于是经常思考：全天下"妈妈"的发音都相似，我该如何表达才能给女儿最独特的爱？至少看完电影后，我不再纠结这个问题。对于子女，每个妈妈都是独特的，因为人与人的记忆本身就是独特的。

女儿不到一岁的时候，我和她的回忆就在绘本和音乐中共同搭建起来。她偶尔在我读故事时目不转睛地看着我的嘴，偶尔跟着音乐扭动小屁股，然后害羞地扑倒在我怀里。

这种亲密体验固然美好，可是，我也会感叹，她终归是无法记住这些时刻的。

所以，我准备了一本大册子，叫作 *Hathaway's Memory Home*（《海瑟薇的记忆小屋》），里面收录了女儿出生以来，我们与她互动的瞬间及对这些瞬间的文字描述。有了照片和文字的陪伴，我突然就不那么害怕时间匆匆流过了——即使时光不再，时光中片刻的爱也被文字具象化了，随时触手可及。

这个思路给我更大的启示是什么呢？在有生之年，我可以创造更多"记忆小屋"给家人。负面情绪当然还会出现，只是每每情绪上来的时刻，我都会强行让自己抽离出来，以第三人视角问一句："你每赢得一次吵架，你作为女儿、妻子、妈妈的身份，就在他们心里'死掉'一次。最终是个平局，你要如何选择呢？"很神奇，这么权衡一下，飙得再高的情绪，一荡，也乖乖落回地面了。

事实上，在家庭中，我们经常会以女儿、妻子、妈妈的身份标榜自己，做出貌似正确但伤害对方情感的行为。如若撇去这些身份，时刻以记忆创造者的身份提醒自己，那么对于很多事情的处理，我们自然会找到更舒服的方法。

② 社会角色：乐天学习者

我在诺和诺德的第一盒名片上的职位是 IT 总监助理。当时的 IT 有 4个团队，在直属经理的鼓励下，我游走在队伍中跨界学习预算是怎么回事，IT PMM 是什么，如何给供应商打分。两年下来，方方面面的知识逐步搭建在我的头脑中。

这个职位的灵活性高、自主性强，除了各个经理交给我的任务，很多活儿需要我自己去问、去找。很快我就发现，若我把每日的工作时间全部拿来完成上级交代的任务，一天可以很充实；若是加速完成这些任务，主动选择一个团队跟进具体的项目做支撑，这个时间也可以挤出来。前者是名片和职位描述对工作者的要求，后者可以理解为工作者对自己的要求。

　　我选择了后者。因为想起刚入职时一个前辈说过：工作时间越长，越容易给自己框范到某个特定的人设中。"你看，我就是做内容的，不必关心技术上的事儿。"总是不关心，结果就真的只能做内容。

　　只能做与只想做，自然有质的区别。我听懂了前辈的用意。

　　如果名片上的自己代表我们在公司的定位和标签，那没有被印成铅字的，还有每个人走进社会、来到企业的真实诉求，即我希望这个职位能帮助我达成什么人生理想。有人拣了帮厨的活儿，是为早日成为主厨；有人从助理开始，一步步找到自己的定位和方向。无论这个理想是什么，在找到和达成的每一天中，我们都是乐观向上的学习者。只盯着名片上的自己入戏，难免会忘记自己的来意，限制自己的脚步。

　　做助理时，没有一上来就给自己框定人设的暗示，运维需要人，我来，合规需要人，我去。有些勤奋虽然不在工作范畴内，却加速了我对公司和市场的了解，为下一步晋升、转型做足准备。

　　在社会与职场，相比"名片中的我是谁"，我更愿意站在"我希望自己成为谁"这个视角之上，卸掉人设，留下可能，与自己的人生目标产生

更强的连接。

③ 个人角色：向内探索者

除了社会和家庭中的各种角色，我们最重要的角色，就是我们自己了。有句经典台词："我这一生，演好自己就很不容易了。"

我 22 岁的时候，特别想做一个精心敬业的"演员"。义工机会，主动申请；兼职机会，主动申请；校园活动，主动申请。我的同学说：可惜这边没有马拉松，不然浪费了你这一身的"鸡血"。

可是，我真有这么"鸡血"吗？我也不知道，只是周围人都这么说，我自己也就信了。

25 岁，我加入诺和，见识了"牛人"是如何工作的，于是也鼓励自己，每天脚打后脑勺之余，乐此不疲地每周写文输出职场收获。三年过去了，在博客码字不少，我才见识了什么是真正的"鸡血"。

和三年前一对比，我看清了真相。那个时候，虽然也积极主动地投入生活，但是，我骨子里的这种主动，多少包含着一点自卑——因为我的同事们都是独自漂洋过海出来奋斗的，只有我还和父母住在一起。这让我在不自觉中产生一种耻感。

从表面上看，我是一个能量满满的人，但私下里，我其实是有点怕的，怕被挑剔，怕自己不够好，于是更积极主动地做好所有事。

这个认识让我发现：每个人都有两个自己，一个自己叫作"你感受到的自己"，一个自己叫作"真实的自己"。现在我做每一件事情，都会渴望站在"真实的自己"一方，在行动之前，连续追问自己三句"为什么"。

譬如，"现在的工作是你喜欢的，为什么要放弃它去创业？是因为别人都在创业，你也蠢蠢欲动，证明你也可以吗？"不是的。我想要创业，是因为我认为某个重要的领域存在市场空白，我想要填上那个空白。

"为什么是你呢？"因为我觉得这符合我的价值观，让我的生命更有意义。

"为什么你希望人生更有意义？"因为这是所有快乐中，最打动我的快乐。

我们常说"做自己"，但是，我们常常做着做着，就把自己丢了，只留下我们以为的那个"自己"。回归真实，还需要有把自己变身成挖土机的勇气，破表而入，不抵内核不收手。至于遇见那个真实的自己后，如何学会接纳，是我们要学习的另一层智慧。

★　广度：在不确定中寻找确定

走出校园，我们花时间最多的就是自问："未来我将何去何从？我热爱的事业究竟是什么？"这两个问题之所以重要，是因为我们在心中做了一个假定——如果我可以成功找到热爱和方向，那么我的余生都会动力满满。

不出意外的话，有这样想法的人过几年就会觉得扫兴。一来，这个热爱很难找到；二来，即便明确了一个喜欢的方向，它也未必和预想中一般

可以撑起人生，更不要说不少人很快会失了兴趣。我也有过这个阶段，幸运的是，现在我完全扭转了当年的假定。

我在 IT "打酱油" 的时候，除了对 SAP 的报销系统比较熟悉，对其他的系统接触不多。看着其他队友 "鸡血" 满满地给系统做升级，我默默地对自己说："本科专业没有选计算机也是对的，我肯定达不到专业人士的激情。"

这种情况到了市场部却发生戏剧性的逆转。我突然要负责整个部门的质量把控，这是大量与系统打交道的工作。鉴于任务要求，也鉴于我是所有的助理里唯一有 "IT 背景" 的人，第一次审计查出问题后，我便张罗召集曾经的 IT 同事和当时市场部的同事，一起就目前系统存在的隐患一一进行排查。为了给团队一个交代，我花了大量的时间研究排版的用意、功能的设置，直到磨合出满足当时产品经理需求的方案。当修修补补的建议集中升级为一个项目，一个声音告诉我："IT 其实挺有意思，做个技术人员其实很有价值感。"

为什么会有这个变化？从表面上看，在曾经的岗位上，我一不用为系统负责，二没有 KPI 考核，对操作系统并没有建立足够深入的感知。但深层原因是，我给自己预设了障碍，认为了解一个复杂系统是一项艰难且无趣的任务，我肯定不会感兴趣，也没有这个天赋。事实证明，这一认知既不全面，也不真实。

这也是为什么，我们很容易把原本喜欢的东西变得不喜欢，却很难将不喜欢的变得喜欢，因为我们常常错误地认为，我们已经足够了解自己。

事实上，每个人的自我都是无限的，我们当下做出的每个判断都是基于目前这个"已知自我"，在已知以外，依然有太多被叫作禀赋、资质、潜能的东西没有被我们识别出来，而热爱往往就藏在这些未经开采的自我当中。

看清这个真相，我们就会明白，一方面，我们会基于已知的经历对自己做出评价："我不喜欢这个行业""我不适合这个职位"；另一方面，我们也在通过新的任务建立着新的自我，"我可能对这个行业有些兴趣了""这个职位可能是适合我的"。如果热爱诞生于自己的认知，那么它一定是不断打破又重建的过程。

综上，既然找到一生的热爱很难，那什么是相对容易的呢？

★ 寻找阶段性的喜欢与兴趣

这个喜欢和兴趣可能是选择开家小店，可能是写作一本书。你不用担心这些选择"跑偏"，因为你之所以能看到而非忽略这些选项，是核心价值观在帮你做出筛选。

可以这么想象：核心价值观似一个磁条，我们的兴趣是可被磁铁吸引的金属，你无须纠结它们具体是铁、钴还是镍，你只需知道，它们统统不是木块。

这些大大小小的兴趣以核心价值观为轴心串联排开。我们要做的就是逐一去实现它们。每实现一种，我们的生活就会得到一分幸福。人生说到底，就是按阶段排开的一连串够得着的幸福。

★ 在既定的轨道上做出成绩，找到价值感

当我们还是某个领域的边缘人时，因为缺乏深度的体验，我们并没有依据支撑自己的判断——我有没有天赋、有没有兴趣。只有加深一些了解，做出一点成绩，找到一点价值感，才能给出相对客观的结论。所以，在没有确定方向时，把眼前的事情做到极致是更为实际的方向。

我不再纠结"一生的热爱"，也不再给任何当下热爱的事情附加"一生"这个期待。比起望眼欲穿毕生的归宿，在每个阶段明白自己是怎样的人、能把什么做好，反而带给我不确定中的一点确定，起伏生活中的一点安稳。这显然更加重要。

★ 进度：找到自己的人生算法

若别人早早成功，你是否还有把屁股放在椅子上的耐心，好好体验眼前的生活？答案是：有。因为我的人生自有算法。

从小到大，我的人生时刻表都比周围人拨得慢一些。别人的 20 岁在海外如火如荼地开展事业，我的 20 岁还在国内不紧不慢地谈着恋爱；别人 30 岁已坐上公司高管的职位，我 30 岁生日后才逐渐找到自己理想的事业。

然而，我并不焦虑，没有对人生进度的刻意追求，我的每段生活反而提升了品质，做过的每件事都值得一说。

年轻时还没想清楚未来做什么，没关系，饭还是要吃的吧？那就和家人一起研究美食，顺便开始留心利用餐桌时光采访我的父母公婆。我找来纸笔，把他们关于事业与生活的智慧记录下来，在网上找商家做成书册，变成一本有厚度有价值的家训传承。没准其中的一句话，就会点亮我未来小孩的人生。

辞职后的一段时间，我在国内做搬家的准备，没办法开展下一步的事业，那这段时间做点什么呢？研究自己。我重新审视人生当下阶段的优先级，与自我相处的成功和失败经验，这些研究最终形成上百篇博客文字，提炼成一本18万字的书，希望在更广阔的空间帮助更多的人。

至于当年那场不紧不慢的恋爱，并没有止步于一段浪漫游戏，它让我成为一个有温度并且懂得感恩的人。某天我数了数，从恋爱到结婚，我总共写了10封"情书"，7封给了先生，3封给了女儿，这些表白被家人视为珍贵的礼物。

正是这些体验和"作品"，让我开始相信，人生的成功不只在实现速度，更在于实现质量。我算过这样一笔账：如果我20岁做成一件事，但这件事的每个环节都粗糙，没有给我的生活、身边人的生活带来多少积极的改变，那么就算不上成功；如果同样的事，我30岁才开始做，但每个环节都精致，都能带来最好的帮助和体验，那么我也算不上失败。

事实上，我们的人生价值恰恰在后者中体现。要拿时间做兑换，练习做积累。

所以，我不追求成功的早晚，因为生活本身就是意义。生命若真有一张进度表，这张进度表应该只有两个功能，一个是提示"刚刚好"的进度状态，另一个是记录生命的丰富程度。

回到探索自我的三个问题，或许你已经发现，它们皆没有固定的答案。我是谁？透过角色表面深入挖掘才会找到。方向在哪儿？迈出脚走着走着才会明朗。追求多快的人生进度？别人给不了回答，我们终要算出自己的答案。

这正是人生的有趣之处，在寻找自我这条路上，你永远不会在某个时刻停下脚步，但只要你提出任何一个关于自我的困惑，在任何时刻，你都可以借助觉察和自省，拔足启程。

2.3　走向世界后，我是谁?

　　我的出国路开始于 2009 年，开始得并不算美丽。2007 年，姥爷因突发脑血栓差点离开了我们。想着记忆中昏暗的小房间和眼前瘦削衰弱的亲人，心中是满满的无力感。多少次我们坐在过山车上，做着最坏的打算，祈祷着好的结果。

　　可能是上帝真的听见我们的祈祷，在一个布满阳光的普通日子，姥爷挺过来了，我们坐过山车的日子就此结束。出院时，长居新西兰的大姨将二老接过去疗养。我爸全程护送，回来毅然给我们办了移民。

　　在二十出头的年纪，可以看到更广阔的世界，是我不曾想过的"意外"。走出去的几年，有世界观的日臻完善，也有"凡遇问题，追问本质"的思维进步。要说长了什么重要的见识，那就是人应该看得远些，要在广阔的时代背景下看到自己人生的价值。我经常会问自己："世界给我开阔的眼界，我又能给世界带来什么？"

　　对这个问题的思索，让我的那些年，仿佛若有光。

★ 答案一：对心中愿景的坚持

2009 年 3 月的奥克兰，我还是初来乍到的新移民，为赶在奥克兰大学第二学期开学前递交申请，还差雅思成绩的我报了语言学校的雅思班恶补英文。

第一天上课，中国人占 3/5，其余是日本人和俄罗斯人。我们的班主任是位崇拜李小龙的印度女士，一上来先让每人讲讲来新西兰的目标。我荣幸地成为第一个上台的人。

那个场合，说不怵是骗人的，但想想是我第一次亮相，又隐约觉得代表中国，不能怯场。于是磕磕巴巴地说出当时最真实的想法，"一是不管在这里待多久，都保持和今天一样的'干净、自强'；二是当推手，让更多'老外'了解中国"。

发言结束，几个中国同学听不下去了，"一听就是新来的留学生，我敢打赌，待几年你的认知就完全变了""你既然来了，就得入乡随俗啊同学"。

整整一天，我感觉憋闷难耐。先是心理落差，都说海外华人亲如一家，怎么到我这里就变了样子？然后是真的不服，说我不行、做不到的人，又有多了解我？于是也暗地观察批判我的那几个人，一天下来，确实发现两个有意思的现象：第一，他们只在华人小圈子里打交道，拒绝"外交"；第二，尽管教室墙上贴着"English Speaking"，他们还是肆无忌惮地用中文交流。他们的行为似乎让我找到了他们打击我的原因，用流行的话说，"别人对你的评价不一定反映你的格局，但一定反映了他们的格局"。

当天唯一的温暖反倒来自一个日本同学，他下课后找到我，对我说："你讲的真棒，我很感动，希望你说的都能实现。"我听后心里特别温暖。

说是胜负心作祟也好，无知无畏也罢，总之后来打击我的几个同学在3个月后就没了踪影，我却在他们的刺激下，唤醒了心里那匹沉睡的小神兽——那天在台上说出的"干净、自强"，不仅给稚嫩的理想打了气，也无形之中让我没有任何退路。尽管这些年周围环境时常是糟糕的。

举个例子，我在大学期间教人中文，坚持3年用写信的方式向新西兰同学介绍我成长的中国，最难的是自己人的不理解，"中国有什么好讲的？好好享受这里的蓝天白云不好吗？"类似的冷水，每隔一段时间就会泼来一次。除了面对"老外"，还需要耐下性子对自己人摆事实、讲道理，心累指数翻倍。

现在回看这段经历，虽有万般阻碍，但我总会对自己说：我已经很幸运了，在留学之初就给自己设立了一个努力的方向，没有让每天的时间消逝在空虚与茫然中。我知道，在咬牙问过自己无数次"你有多坚持，你有多想做"的时候，我正处在自我成长的阵痛期。然而，我不知道，"有梦想的人自带光芒"，当我说出内心的愿望并狠狠推它一把时，我也正在向世界展示中国青年对待目标的态度。

★ 答案二：抵抗恶意的勇气

记得我的第二份兼职，是在码头的日本餐厅。店长是意大利人，和店

长平起平坐的是这里的调酒师，也是意大利人。

某天，我站在台阶上目送一拨客人离开，外面开始下雨，原本喧嚣的码头很快便空无一人，回过头还有半间屋子正在就餐的客人。我去厨房帮忙，意大利调酒师把我叫住，说我得站在门口迎宾，我告诉他外面在下雨，码头上没有客人了。即便如此，他依然坚持让我站过去。

"你得站在台阶下。"他指指往日迎宾的那个位置。

我再次确认，他态度坚决，"我们是一家以服务闻名的日本餐厅，我们要对客人时时展示出这一点"。年轻且没有经验的我相信了。雨淅淅沥沥地下着，正常情况下20分钟一轮换，那次我站了1个多小时。衣服湿透，回去生了一场病。委屈，但又说不出来。

后来某一天，我为客人点菜，客人要了6杯气泡水。交单的时候，意大利调酒师突然质疑：你确定他们要的是气泡水不是白水？（气泡水收费，白水免费）

我回去重新确认无误，结账时，戏剧性的一幕发生了，那桌客人称自己要的是免费的水，这钱他们不付。意大利调酒师并没有听我解释，早早摆出一副看好戏的表情，要求我来买这笔单。

第一次被欺负是我没有经验，未在一开始做出正确的判断，这一次，我恼怒地回应他："第一，我不会付这笔钱，因为我做过 double check（二次确认），隔壁桌的客人完全可以为我证明；第二，你有你的高标准服务要求，但你并没有一视同仁，我有理由怀疑你的动机。"

我直接摊牌，态度强硬，抱着大不了就辞职的决心。第二天，剧情大反转，我刚走进店里，一杯夏威夷鸡尾酒提前等在吧台，意大利调酒师"摇曳生姿"地向我走来，伸出一只手，"Sophie，请原谅我昨天和上次的无理。你做得很专业，是我冒犯了"。

心里的不爽还在，我拒绝了那杯酒，告诉他以后要学会尊重。在那之后，他的确收敛了很多。

我当然不是说，当我们在西方遇到歧视、欺负、冷眼时，硬气回怼一定会收到对方的道歉反省。我只是想要表达，在遭遇不公平对待时，忍气吞声并非解决办法，因为恶意并不会因为我们的隐忍而自动消散。保护好自己，说穿了就是要懂得为自己发声。即便力量微弱，也要让对方明白你不容侵犯的态度。

为什么一定要这么做？身在异乡遭遇恶意是留学生普遍的经历。今天你选择站出来抵制恶意，明天就有可能是某个人因为看到、听到你的"事迹"，在进退两难的时候选择站出来一试。而当这样的抵制发生得多了，我们的态度就会被看见；看见，就有改变的可能。

选择储存一份勇气，为自己，也为自己的同伴。当我们走出祖国，我们的所有选择已不只关乎"我是谁"，更代表着同一个名字——中国人。捍卫自己的尊严，就是我们热爱这个世界的方式。

★ 答案三：摘下滤镜，聚焦世界的格局

我在国内读大学时，校园是四四方方一围墙，墙以内是教育，墙之外是社会。大学两年，每每骑车穿越北京林业大学的正门，就是两种心境的更迭。

新西兰的大学不是这样，奥克兰大学的校区一部分在市中心最繁华的地段，是完全开放的空间，学生习惯跟着人群穿过马路去上课，人群中有穿西装的白领、从事道路施工的毛利大叔、推着婴儿车散步的年轻妈妈。走在这样的城市里，校园的界限是模糊的。社会即教育，生活即学校。每个人既是学生，也是社会大环境的一道景、一个环。

在奥克兰大学的三年，我的身上少了一些学生气息，也是这个原因。不同于我们的阶段式教育，这边的环境更强调"一生学习"，走出校园不算重要的节点。能做到"一生学习"，意味着你要有主动学习的热情和能力，有对事物的独立思考和判断，而这些都基于对社会和真实世界的了解。打破围墙的校园就是典型的体现了。

教育理念的不同，也体现在心理围墙的破除。比如这里对尊重和公益的执行力就常常让我惊讶。我上学常搭公交车，乘客下车都会对驾驶员说"Thank you, sir（谢谢你，先生）"，人多的时候就朝反光镜摆摆手示意，无一例外。街道的十字路口，搞公益、做义工的除了年轻人，还有许多四五岁的孩子，也可以说是"主力军"，炎炎烈日，干得乐此不疲。

然而，这样的国家依然存在频频令人愤怒的现象。在新西兰生活久了，发现以"爱"和"尊重"为中心的西方教育也存在他们的短板。譬如，我的一些同学，谈及"黑人"还是咧嘴耸肩的姿势，白人的优越感刻在他们的骨子里。再譬如，我认识的不少青年人都活在"真空"，只关心自己圈子里的那点事，对地球上其他国家发生的事情一无所知，或只停留在皮毛甚至扭曲的认知层面。

真相是，每个地方都有各自的问题和优势，不能只盯住好的方面，就以偏概全，妄下定论。

21 世纪第一个 10 年里走出去的青年，大部分已经摘下单色滤镜，在自然光下了解真实的国外。只是，还远远不够。

费孝通先生曾经在《知识分子的早春天气》中写道：

"他们对百家争鸣还是顾虑重重，不敢鸣，不敢争；至于和实际政治关系比较密切的问题上，大多更是守口如瓶，有点事不关己，高高挂起的神气……我想，对世界的和国家的大事不很关心可能是当前许多高级知识分子的一般情况。"

初读时，我尚未出国，但全篇读完十分理解先生的话外音，隐隐给自己提醒：青年人还是要活得博大一些，不要局限在自己的一隅之地，同时要保持好奇心，具备天下情怀。待走出国门真正身体力行，我发现：第一，当初的自我提醒是对的；第二，每一层都可以具体落地：

活得博大——不纠结于国家之间"你好还是我好"这个狭隘的层面；

保持好奇心——时刻关注现象背后的问题；

天下情怀——我能为此做些什么？

在华人学生圈子里，我们经常听到那些熟悉的吐槽，"那个 Kiwi（新西兰人）很懒，那个人完全沉浸在自己的世界里"，可是若你追问："你认为问题出在哪里？""嗯？我还真没想过。"

我们需要认真地想。因为每个人行走万里，终极目的都不是给出国内更好还是国外更好的浅显评价，而是在客观全面地了解一个国家后，将自己投掷到每个现象里认真思考，最终将这些问题与思考，纳入自己未来职业选择的参考中，成为真正具备全球发展思维的人才。

我们需要真正思考一些有价值的问题，比如：真正接触个性化教育的受益者后，你认为这个体系真的一劳永逸吗？它的劣势在哪里？你认为教育的终极目的是什么？我们国家有什么可以借鉴给国外，又能从国外取回什么真经？（本书第6章会讨论）其中的真空地带，或许正是我们可以发力的地方。

国际人才到哪里都很稀缺，因为摘下滤镜去看真实全面的世界不易，看到真实全面的世界后，不停止思考，并有所作为，更不易。

★ 答案四：在家乡影像中安放身心的情怀

和所有漂洋过海的留学生一样，刚到奥克兰的时候，我有过不适应。并非因为饮食从豆浆油条换成了培根吐司，这种不适应更多地来自精神，总感觉被无形的绳子束缚。后来回想，是还没对新环境建立起安全感。

转折发生在第一年，我坐公交车回家，邻座是我的同学，一个 Kiwi 女生。往常我对车外的景色都是匆匆一瞥，因为奥克兰在我眼中更像个大乡村，破旧的街道设施，宁种草不种粮的田园风光，这里与那里，几乎相同。然而对她来说，似乎哪里都不同。

公交车开过一家工厂，她兴奋地向我介绍，"这是我父亲原来上班的地方，我以前经常从这条路走进去"；路过某个街区，她就讲，"我家原来住在这里面，不算大，但很舒服"；路过一家超市，她又说，"这家超市门口原来有个汉堡店，我和哥哥总是偷偷跑去吃"。

在她的描述中，天色逐渐暗下来，隔着车窗，街头巷尾一幢幢房子亮起暖黄色的灯，那时候我忽然领悟，一个城市之所以重要，并不在于它的发展水平如何、是否满足外来人的审美，而在于这个城市能否给生活在其中的居民提供心灵的归属感。

这样的归属感，其实我们谁都能找到。就像曾经带给我力量的生活片段，那是 1990 年代的 10 年里。

那个时候，日子总是过得很慢，与树枝游戏就足够消遣一个烈日炎炎的下午。那个年代，人们尊重知识、不拜金，人与人之间有互助、更亲近。我放学回家，经常被隔壁阿姨吆喝去，一不留神就吃了晚饭才回来。

除了夏天在树下乘凉抓虫子，冬天在雪地里把雪踩出吱吱的声响，小时候最喜欢的，还是听长辈讲他们小时候的故事。记忆颇深的是姥爷讲他12岁捡煤球，遇上大爆炸，一只耳朵受伤，家里没钱治，就再也听不见了。

听完这个故事，我每每见到姥爷，总要伸手摸摸那只耳朵，心里默念期盼出现奇迹的咒语。

爸爸讲小时候家里穷，去食堂打饭，同学的饭盒都装了葱爆羊肉、米饭、鸡蛋汤。爸爸最爱吃羊肉，但轮到他时只要了一碗米饭和一碗汤，钱不够，还是很香地吃完。我学做饭时学会的第一道菜就是葱爆羊肉，正是因为爸爸的这段经历。

我时常思考，在青涩的年纪独自漂泊海外的孩子，心中那处空白要如何填满，又要怎样鼓起勇气融入新的世界？答案就是我们的家乡影像。

可能是保留儿时记忆的建筑，疲惫时可以迅速"充电"的小店，可能是熟悉的街区和商铺，乡音和邻居。它们或许破旧，但它们扎根在我们的记忆里，温暖我们无数孤独的时刻。正如"奴隶社会"的留言区里一位读者写道：在世界的舞台，我们都是带根旅行的树，扎根沃土才能枝繁叶茂。

★ 答案五：讲好中国故事，用"文化自信"拥抱世界的自信

2009 年我出国的时候，"网红"是《舌尖上的中国》，流传到海外，带来最大的改变是，我的几个"老外"同学，突然不聊"黄金单身汉"了，而是饶有兴致地问我的家乡美食是什么，是否真有这么好吃。中餐能勾起"老外"的好奇心，也是一个进步。

随着近几年《中国诗词大会》《朗读者》等节目的热播，我们的文化底气也越来越足。《中国诗词大会》的收视观众达 11 亿人，从学龄儿童

到古稀老人，还有外国人，引起不小的动静。"腹有诗书气自华"，在古诗词中了解古人的所思所想，不一定要穿越时空，每个中国人翻开书本，都能找到老祖宗给我们留下的"诗和远方"，这是我们从出生就有的财富。

主流媒体日渐重视中华文化的传承与传播是一方面，另一方面，我们的经济也在崛起，中国成为世界第二大经济体，平昌冬奥会闭幕式上的"北京8分钟"足见功力。如果说2004年我们还在谦逊地讲中国故事，那这次的8分钟，足以让世界看到中国的未来。只不过前者用共情的方式呼唤我们的内心，后者用高效的平台打磨我们的生活。

这是国家讲述中国故事的方式。那么个人呢？作为千千万万人中的普通人，我和你要如何开口讲好这个国家？

1999年，我先生出国的时候，外国人对中国的印象还是电影《大红灯笼高高挂》。澳大利亚房东惊讶地问他："你们中国人上学都赶牛车吗？"被误解当然无奈，但转念一想，这是个机会，正好普及中国不同地区的文化和自然生态。于是他对从没去过中国的房东和另一对当地夫妇形容，中国不仅有现代交通，还有狗拉雪橇、挥鞭策马，这是各地区的地域文化，很有趣味。

我想无论国家还是个人，渴望讲好中国故事的目的，无外乎是让更多的外国人了解真实的中国，帮助他们消除偏见，同时增强自身的国际话语权，让自己的声音得到世界的重视。经济数字和科技成果固然是两项硬指标，只是缺乏了一些"温度"。相比之下，文化因为人文意味的特殊性，

更适合我们普通人拿来"讲故事"。

不过，选择用文化拥抱世界，前提是自己人要对中国有深刻的了解，或者说，能够看到本国文化的价值。

我们的文化，不只在诗词，还在于乡土。李一诺有言："乡土中国，乡土文化，是中国文化的根基。"我自己有切身的体会。

10 岁以前，我跟随奶奶赶集，早早学会了杆秤的用法。在我的记忆中，奶奶口中的买菜，从不是简单的"买回来"，而是花去一半的时间和菜农聊天，"今年的收成好吗？""家里人都好吗？"我在一旁默默听，先是摸透了自然规律，回去告诉同学，"雨水多的时节西瓜不好吃"。后来也慢慢知道，与奶奶相熟的几个菜农，每次被问候都说"好得很"，但凡笑着说出"挺好"，八成是遇到困难。在我的意识里，赶集是一种民间文化，赶的是热闹，集的是人与人之间的情义和农耕生活的智慧。这些情义和智慧，参与构建着我的思维方式，从出国到今日，给我持久的自信。

我一直认为，不像艺术的抽象与诗词的古远，乡土文化是真正扎根在土壤中，每个人都可以触摸到并体验到拥有感的一种文化。只是，如今承载着文化底蕴的乡土，要么荒芜贫困，要么已被现代建筑取代。2013年回国，我同事女儿的小学组织过学生两次下乡体验，回来后孩子反应强烈，"很脏很乱，与城市完全是天壤之别"。

尽管如此，近几年依然有一群教育创业者选择逆流而行，将夏令营扎在大山里，一边与支教老师合作，通过拾果皮、捡瓶子的比赛，让孩子们参与到保护山村的行动中；一边和当地的学校互动，在村民家学习制作传统食物，感受风土民情。这也是我的愿景，等女儿再长大一些，我会每年春节带她回来，到大山里体验生活，身体力行。

全面复兴乡土文化是一条漫长的征程，重建的过程本身，也是在保留传统文化的基础上，随着时间发展一种新的文化——复兴乡土文化的文化。当我们的孩子知道自己就是这种文化的构建者，并在保护山区等类似的行动中感受如何将自身能力贡献到一个有意义的愿景中，他们会有巨大的激情和动力，而这种激情和动力，最终会发展成属于他们的新的文化自信、新的中国故事。

说到这里，如何拥抱世界，答案已经清晰。

我心中的翩翩君子走向世界，是心有执着，眼里有光，举止儒雅的；他因民族自信而无惧融入世界，也因心中的正义敢于为自己的国家发声；他知道自己的来处，并始终从世界的痛点出发寻求去处；他以平等的姿态告诉世界，你挥洒衣袖，给我一片广阔天空，我也张开手心，敬你一片东方沃土。

他是中国人，也是世界的公民。

2.4　做选择的三个底层思维

　　我和身边的小伙伴们时时刻刻都在经历"选择焦虑症"，小到先买会员卡还是直接消费，下班回家坐地铁还是打车；大至考研还是工作，留守国外还是回国发展，组建家庭还是再独身几年。

　　这些选择之所以让我们感觉艰难，是因为摆在我们面前的选项通常难分优劣——要么两个选项都是正确的，你不知道选择哪一个会对你更加有益；要么两个都是错误的，你要绞尽脑汁选择风险可担且代价更小的那个。

　　今天，我还是会在重大选择面前纠结，但是这种纠结中不会再有焦虑了。因为知道焦虑没用，也因为少年时经历的一些事，让我逐渐形成今天看待选择的思维方式。这些思维，或许对某一个具体的选择题给不了帮助，却能帮助我用坦然的心态面对曾经做过的选择、正在做的选择，以及未来将要做出的选择。

★　因果思维：每一个做过的选择，都映射了我们此前的全部人生

在奥克兰念书时，每年都有一天火车免费日。这一天，不计公里，城市内所有的铁道线路统统免费。对于并不富裕但渴望"探险"的留学生来说，绝对是大大的福利。

那个清晨，我与一群同学紧锣密鼓地开启了我们对这座城市的探索。整整一天，我们坐车到北岸看跨海大桥，中午在使命湾（Mission Bay）的长椅旁吃午餐，下午搭车去东区的超市，据说那是华人的聚集地。而最后一站，我们来到南区，在毛利人聚集的街区感受风土人情。

当时间的概念再次回来，我们才意识到，几乎就要赶不上回去的火车了！好在，天无绝人之路，不远处的酒店门口有计程车待命，于是一群人快步过去。

两辆车的司机都是印度人，殷勤地下车跟我们搭讪。几个同学七嘴八舌地才算讲清了我们从哪来、到哪去。其中一个印度小哥说："我可以搭你们回去。"接下来是价钱的谈判，对此我们完全没有概念，只知道那天印度人说出的数字，比从通州区到北京国际机场的价格还要贵一些。

对方不停强调他们是最后的两辆车，可能不会再有车了，娴熟专业地露出白色牙齿打开车门。我不喜欢对方的态度，于是暗地里以最快的速度分析了上车与不上车可能的后果——上车，可以和同学分担车费，钱不是问题，但是，若对方敲诈，那我就成了错误决策者，自己会不爽；不上车，只能继续赶火车，赶上固然好，赶不上就得另想别的办法。

那个傍晚，我和另一个女同学抱着赌一赌运气的心态，与其余人告别，一路奔向车站。然而，我们跑得大汗淋漓，也没能赶上回程的火车。

没有侥幸胜利的结尾，离开火车站，我们俩上气不接下气，手支着隐隐作痛的腰部，狼狈地走在陌生的南区街道，当然少不了为错误的选择"自黑"和"互黑"。所幸在最坏的结果面前，我们依然还是有选择的权利的。譬如，可以用这个叉着腰的狼狈姿势结束那个过去的下午，然后站直身体、擦亮双眼开启一个崭新的夜晚。

半个小时后，我们钻进一家便利店，吃了东西，喝了水，休整过后打起精神寻找附近的出租车，顺便留意遭周的酒店。很幸运，晚上9点，我们终于寻到车。车价没有贵得离谱，在可接受的范围内。

这个差点"烂尾"的小故事，我在回国后也会跟同事和朋友提起。听的人通常会在最后补问一句："你后悔没上那辆车子吗？"

起初我觉得：当然了。万一我们没那么幸运，那个晚上很可能打不到车，甚至遭遇危险。但慢慢发现，那不叫后悔，那只是后怕。真正的后悔，是我不该在那个时候做那样的选择。可是，我又没有预知能力，该与不该怎会在决定的时刻知晓？若时光倒退回去，还是那个21岁的黄昏，还是21岁女孩的认知和心气，我还是会做出同样的选择。

我表示自己不会后悔，也在远离21岁后，很少为做过的选择后悔。因为我看穿这样一件事：人不能割裂原因去评价结果。我已经做出的决定，都成为一个个结果，导致这些结果的原因，则是某一段人生积蓄下来的阅历与生活经验，我可以轻易地为一个瞬间感到后悔，却无法说服自己去后悔一段真实存在的人生。

所以，我不会花时间后悔曾经做出的决定。我能做的只是将唉声叹气的时间省下，总结上一段人生的教训，然后走入当下经历的这一段人生，尽量不让下一个选择后悔。

★ 目标思维：每一个正在执行中的选择，我们都有完善结局的机会

后来，我认识了 H 君，我现在的先生。认识他的时候，我们还各居南北半球。

又是一道选择题。不喜欢拖到最后一分钟，我提早在"毕业前"就交卷——我要回国结束这漫长的相思。

做出这个决定之前，我们分别在两地度过了第一轮 365 天。时差从 5 个小时变成 4 个小时，又回到 5 个小时。那时候，恋爱的感觉就是 24 小时在线等的那句"喂，我在"，温柔又脆弱。

他希望我安心地完成学业，在本地工作几年，不要因他而打乱我原本的计划。工作几年后，若我想留在这里，他就辞去工作过来找我；若我还想回国，他在那边等我，帮我安顿好一切。

即便商定好，我还是提前买了回国的机票。面对 H 君，我是这么解释的："咱俩都已经独立成年，各自有梦想，你没有出现之前，回国已是我梦想中的一步。你的出现，让这一步提前迈出。"

　　尽管这是个事实。但另一个被我隐藏的事实是：当真爱来敲门，当你站在那里，我已顾不得未来的梦想是在此岸还是彼岸，这些通通被我认真地打包，装进那个 23 公斤的行李箱。如果梦想可以插队，重新排序，那么在开局前，我要与喜欢的人共同奋斗。

　　迈出这一步，不是没想过后果，很有可能，若干年后我会对着麦克风唱出"恋人未满"的所有心酸，但至少在当下，我深思熟虑，眼明心亮。不是为了恋人的期待、他人的规劝；委屈、妥协、放弃、迎合，统统都没有。迈出这一步，是与内心深处的自己达成共识：爱情，是需要努力才能兑现的。

　　回国后，我俩住在租来的房子里，努力兑现着曾经只能靠电话线送达的承诺与期许。譬如，我曾许诺每日亲自下厨，用热腾腾的饭菜温暖他经常加班的胃；他呢，曾期待在每天清晨，用挤好牙膏的牙刷对我说早安。

　　从订好机票到如今，7 年过去，我们换了房子，生育了女儿，一起完成了内心无数的"出发"和"抵达"，朋友圈的照片也不经意地从"我们俩"晒到了"我们仨"。

　　在这所有的时间里，我发现自己几乎只做了一件事：设立一个目标，用心走好脚下的路。

　　其实在那个选择的当口，我虽然倾听了内心的声音，但也不确定这个契合心意的选项到底能不能引导出一个令人满意的结果，因此有过忐忑。然而，决定一旦做出，这种忐忑就慢慢转化为朝向目标的动力：我要穷尽热情和智慧，把手中的这个选项变成未来最对的选项。这是我唯一能把握，且永远不嫌晚的决定。

★　数据思维：每一个将要做的选择，都不是决定我们余生的最重要的选择

　　出差的路上，我在机场的书店里见过一些教人做出正确选择的技巧，这些技巧被印成铅字，排列在"成功学"或"方法论"等畅销书类别里。

　　究竟如何选择，才能赢得完满的人生？书中给方法、给捷径、给"鸡血"。按照世俗定义的成功标准，人生赢家就是尽可能去选择那个精准高效，在金钱和时间两个维度给出更高的投资回报率的选项——同样的价钱，一定要买到味觉体验最好的那杯奶茶；同样的青春，一定要投身价值回报率最高的那个行业。

　　说实话，看书之前，我对于选择并没有焦虑感，但合上书，我反而焦虑了。原来我的每一次选择都如此重要，如此关乎着余生的幸福。如果我想要成为人生赢家，就必须为每一次的选择精打细算，不允许任何偏差。而抱着这个想法站在选择面前，试问谁不会带着巨大的压力，在"下注"的时候小心翼翼、殚精竭虑？

　　事实上，完美的决策始终都在下一次。

　　2009 年爸爸决定把家搬去新西兰的时候，我妈忐忑不定："你确定咱们去那边行吗？万一这步走错了呢？"那次我爸的回答让我受益终生。他说："我也不敢保证，万一不行，大不了闺女毕业咱们就回来，但不出

去永远不会知道。"

这句话，被我拆成上下文分别理解了一下：

万一不行，大不了就回来——每一次选择都不会成为影响我们余生幸福的决定性因素；

不出去永远不会知道——没有这一次的选择做数据，就没有下一次的完美决策。

原来，天不会因为一次选择失败就塌下来（不然我们也不会坐在这里）；原来，做出完美选择是有底层逻辑的，那就是将每一次选择视为一组数据，用以指导下一次选择。只要我们连续做选择，收集数据，我们终会在未来的某一次，做出一个趋进完美的决策。

了解这个逻辑，我也慢慢明白，为了做出这个完美的决策，我们必须先保证之前每一次的数据都是有价值的，即我们要知道自己的每一次选择为何而选。

我爸当初做出移民的决定，是因为那个时候身边的朋友都开始出国定居，在确定"陪伴家人"比"赚更多的钱"拥有更高的优先级后，他采取行动。就像他说的，万一不行（比如赚钱依然重要），大不了再带着家人回来。重要的是，他掌握了做出选择的依据，获得了有价值的数据，下一次再遇到相同的情境，他会考量更重要的因素，做出更周密的规划。

借助以上的数据思维，这些年我也在积极调整自己的心态。一方面，我会轻松面对眼前的任何一次选择，因为我知道它们不过是组数据，顶多影响我的一段人生；另一方面，我也会重视眼前的每一次选择，因为我知道只有了解选择背后的原因，我才会在未来找到趋于完美的决策。

回到前文说的投资回报率。当选择的目的仅是为了这一次赢，我们一定会陷入失去的焦虑。但当选择是为了长期利益，是为了通过自我验证，在接下来拥有更多选对的机会，那么无论如何我们都会"赢"。

回首 20 多岁时做过的选择题，给了我不同层面的启示，使我建立了面对选择时的底层思维。

第一，对于做过的选择，或许它们并非最好，却是我在那个当下唯一会做的选择。不后悔，就要启动因果思维，记住那些错误选择发生的原因，将教训变为智慧，过好这一段人生，做好下一个选择。

第二，对于正在执行的选择，我始终有完善结局的机会。不患得患失，就要借助目标思维全情投入，在力所能及的范围内产出最满意的结果。

第三，将要做出的选择，并不是人生中最重要的选择。不焦虑，就要利用数据思维，将每次选择视为了解自我、验证自我的机会，指导接下来的人生。抱着积累经验的心态看选项，每个选项都是投资回报率最高的那个。

我无法保证每个选择都最正确，但我已不再纠结。因为经过许许多多的分岔口之后，我终于明白，决定我们是谁的，不是选择的结果，而是做出选择时，我们的思维方式。

3

建设

在不同的战场自在作战

3.1　管理时间，就是管理人生

在强调高效的大环境里，我至少试过两种效率管理工具，让自己的生活更轻松。

第一种工具是时间管理，可惜随着任务的复杂化和身份的升级，我管着管着就被时间管理了。第二种工具是精力管理，到今天我依然在用，但它并没有让我成为想象中的效率超人。

尝试过才有机会发现失败的原因出在哪儿。与效率打交道的过程也是看清自我的过程。今天，我仍有许多未实现的目标，对于这些目标，我终于有能力做出筛选，并且自信有时间有精力逐一完成它们。其中的经验教训，说给你听。

★　对于新手，时间管理什么时候不再奏效？

我做 IT 总监助理的时候发现，这个岗位最大的好处是，我可以厚着脸皮，提出任何时间管理方面的学习需求。

经典的时间管理四象限法（重要—紧急—不重要—不紧急），在新人培训期曾被我暴风式吸收，认真实践。

比如说，我坚持每日下班前整理出第二天的待办事项，用不同颜色标出任务的重要度与紧急度，乖乖履行一个时间段只做一件事的原则。3个月下来，领导、同事都挺满意我的工作。

过了实习期，"客户"从1个老板迅速扩大成1个老板+4个团队。6月，公司总部来人审计，因为合规团队人手不足，我被调过去帮忙。我的直属经理非常体恤下属，允许我把电脑带到会议室办公，因为专时专用，没有muti-task（多重任务）的打扰，我的办事效率依然很高。

那时候我在谈恋爱，自认为掌握时间管理，就可以做到恋爱工作两不误。有很长一段时间，我这样规定自己：每天12点到下午1点午休时间用来联络感情，7至9点下班后约个晚饭，去咖啡馆坐坐。

可惜，这个想法在秋天彻底"破碎"了。审计之后，公司拉开大规模整改，"经验教训总结会""查漏补缺总结会"开始占据我的日程，每一个会议都高度紧急，每一个会议结束时都需要产出具体的action plan（行动计划）。我是助理，当然得出席所有的会，记录所有的产出。

在会议室连轴作战，回到座位经常是一阵恍惚："天什么时候黑的？"不得不逼自己赶时间，而多重任务并行的结果是心情很差、易烦躁；对于每个任务，我只能保证开始，不能保证完成；匆忙赶去赴约，脑子里依然是"这份表单还要打磨"。最夸张的一次，男友排了漫长的队，绅士地买单回来，我竟然坐在椅子上，直挺挺地睡着了。

★ 原来还有精力管理

最开始，我以为限制自己时间的，是精力。

"怎么保证精力在随取随用的水平？"关于这个问题，我认真咨询过当时的 Mentor，她给我提了醒："精力可以管理，你试试看吧！"

在试试看的过程里，我请教了周围有干劲的前辈，同时读完了 *The Power of Full Engagement*（《全力以赴：高效能人士的精力管理手册》）等相关书籍，第一次了解了"精力加油站"。

什么是精力加油站？简单来说，就是你获取能量的来源。*The Power of Full Engagement* 一书中，作者将这个来源分为四个方面：体能、情绪、思维、意志。

体能——少食多餐、规律睡眠、规律运动；

情绪——保持正向、积极的情感；

思维——间歇性地休息大脑；

意志——坚定的人生目标和价值取向。

我结合自己的实际情况，将以上四个方面具体化。

①在工作中，尽量寻找意义感。

如果你所在的公司，人际交往让你有归属感，文化取向让你有契合感，工作内容让你有挑战感，那么，你自然更容易斗志昂扬、心情舒畅。

最初选择诺和，我的理由正是志向上的契合——"让我们共同改变糖尿病"。然而随着工作越来越具体，我也会常常纠结于对局部的优化和细枝末节，陷入烦躁的情绪里，忘记了自己的"来意"。

每次遇到磨人的任务，不怕麻烦地问一问"我为什么在这里，为什么要做这件事情？"它确实帮助不了解决具体的问题，但解决问题时的心情和能量，一定不同。

②了解自己的喜恶，并利用它。

什么事情激励你？什么事情消耗你？靠近前者，规避后者，是保存精力的有效方式。

我的 MBTI 测试（职业性格测试）结果为"智多星"，它意味着相比重复性工作（开会、记录会议纪要、报销等），我更胜任创造性工作（写文章、设计产品等）。

对自己的这一特点，原来我只是"了解"，没有转化为"利用"。后来，我主动争取为公司的核心系统做整合优化，在开会时只让自己留意并记录关键词和关键问题，一段时间后，果然起到了为精力"开源节流"的效果。

③留出独处时间，做"精神按摩"。

远离人群，并不等于真的放松。更多时候，开个电话会议、做个PPT，时间分秒过去，思维依然处在上一个环境中的紧张氛围里。

试过几次纯粹地看闲书、听音乐、发呆，我知道，人只有在完全放松的时段里，才能真正支配自己的思维，对精神层面的自我有所关照。

具体我是这么做的：下班后回家前，就近找一间咖啡馆，给自己 15 分钟的时间卸掉戾气，从上一个角色跳出，切换到下一个角色。就像伏案工作的上班族要定期按摩肩颈一样，我称它为"精神按摩"。特别是已为父母的人，一定更能体会这种"按摩"的必要性。

④恢复运动，从一周一次开始。

对于运动，我一直有这样的误解：每天上班已经很累了，我干吗还要和自己过不去，给身体添负担呢？

当我因为"审计之秋"，第一次不得不眯个 10 分钟恢复体力时，我抱着试一试的心态恢复了锻炼，从一周一次，到半个月三次，从走路 + 慢跑 5 公里，到变速跑 10 公里，如此坚持了三个月，我才真的体会到，运动的累与工作的累，真的不是一个概念。前者因为持续释放多巴胺，可以让人的精神保持在愉悦的状态中。很多次跑完步，一个明显的感觉是，"我的心力还可以支撑我胜任更多的工作和角色"。

在与精力管理打交道的过程里，我不再惧怕单位时间里多重任务并行。比起从前，我仿佛获得了更多体力，可以游刃有余地切换角色，也更懂得如何结合时间和自身优势管理好自己的情绪。

可是，这些还是没能解决我的根本问题。具体到每一天，身心层面的消耗依旧远远快于我能做出的储备。

★ 从管理精力看回管理时间，我真正的痛点在哪里？

早些年，我认为时间管理的核心是打卡，我没能按时完成清单，一定是自己精力不济。而把精力勉强维持在随取随用的水平后，我意识到一个真相：续航能力再强的电池，也扛不住不断被任务填满的清单。

我给自己算过，最忙的时间段，我一天的任务有 16 个。除了老板要求必须在当日完成的 2 个任务，剩下的 14 个从哪里来，我没有想过。

恋爱的日子里，我坚持每天午休和男友聊半个小时的电话，坚持每两天见个面、吃个饭。至于为什么是这个时间这个安排，我也没有想过。

类似没有想过的问题还有：我昨天为什么选择陪娃而不是加班，今天为什么选择锻炼而不是刷剧？

几个自然想到的理由是：恋爱嘛，自然要勤联络；是妈妈，自然要多陪娃。生活给我们一些看上去正确的选项，让我们不知不觉把时间的冰箱填满。可是，这些所谓正确的选项，真的都是我目前、今天最需要的吗？有哪些是社会硬塞给我的期待？有哪些是我下意识的习惯？

想到这里，我似乎明白了自己的症结所在，我要去解决的问题，其实并不是如何按时高效地在任务卡上打勾，而是搞清楚这个任务，我今天必须执行它的意义是什么。

如果我现阶段的目标是升职加薪，"完成项目"就一定是清单中的重点，那么"傍晚三里屯朋友小聚"，是不是可以从清单中划掉？

做出一些这样的取舍后，我慢慢发现，定好一个阶段性的核心目标，完成那些指向核心目标的最重要的任务才是关键。有了核心目标，一天只做一件事也是效率；核心目标不清，一天完成十件事也是浪费。

所谓效率管理，就是通过核心目标的确定最小化自己的任务清单，最大化自己的人生价值。

★ 目标确立后，合理配置资源

我们每个人都可以通过一些科学的方法，找到并不断修正自己的方向和目标。确定它们之后，最后一步，才是对时间和精力的分配问题。我自己最常采取的方式有三个。

①分割黄金时间。

简单说，就是在精力旺盛的时段做最重要的工作，在精力平平的时段做一般性工作。

2017 年冬天，我报名驾校开始学车，每天早上 5 点 40 分坐上校车，黑漆漆的车厢里，其实可以再睡个 40 分钟。但在清晨的时间段，我的大脑却异常清醒。

那三个月，我有一项很重要的任务：确定新书目录。能够用文字影响他人，用思想创造价值，是我 2018 年第一季度的核心目标之一。于是干脆，每天路上 40 分钟，构思章节，随想随写。一个星期，一本书的目录初稿妥妥形成了。

既然精力峰值在早晨，我就养成了早睡的习惯，尽量每天让自己 5 点半睁眼，窝在床上改改目录，将一些灵感和想法记录下来。至于不重要但不得不花点时间做的事，例如收拾房间、清理堆积邮件，被我全部塞进了精力平平的时段。

以上的黄金时间越多，能够完成的重要任务就越多。但一开始，不妨只安排一两个重要任务，体验目标达成的快感。

②守护黄金时间。

分割好时间后，最大的敌人还是执行。

在上一家公司，我根据工作重点优化过一版待办事项，发现依然不能meet deadline（赶上期限）的元凶，是别人。有时候，那人是我的同事，临时找我帮忙，我不好意思拒绝；有时候，那人是我的领导，临时派个任务，我没有理由拒绝。

今天，不擅长拒绝别人，依然是我的"硬伤"，但守住黄金时间，逐渐成为我的底线。

我的方法是：面对同事，要么委婉说明情况，"我现在有点忙，某某时间后我没问题"；要么把自己提前塞进会议室，我不在别人的视线里，被"麻烦"的概率自然降低。面对领导，委婉试探任务的轻重缓急，我是否为不二人选，能够暂缓执行当然好，但若必须此刻执行也没办法，继续修炼精力管理，给自己制造更多的黄金时间。

而对被我拒绝过的人，在黄金时间以外主动回个礼："我现在不忙，有什么可以帮到你吗？"这么做的小心思是，一方面可以强调我很在意个人时间，另一方面也希望 Ta 不要误会，"骨子里我是友善的，是希望帮助你的"。

虽然还是会被打扰，但至少因为我的拒绝，这种打扰不再那么轻易。当然，如果坐不住的原因在于自己，控制不住要刷个新闻、追个热点，那么把手机放在一边，拒绝潜在的诱惑并不是很难执行的动作。

③创造弹性时间。

每天，我们的大脑里都会产生各种各样的计划。明天一定要发这封邮件；下周一定要把新书的第一章写完；下个月一定要去香港把女儿的保险上好……

对于真正重要的事，我对自己的要求是：能够在这一分钟解决的，就不拖到下一分钟。

为什么呢？因为我们最焦虑的时刻，往往是想要开始一件事但还没开始的准备期。如果不做，我们的头脑对它的响应就会占据我们所有的时间。比如我计划第二天写某篇文章，如果没在前一晚提前打好草稿，那么整个晚上我都会琢磨从哪些方面入手，论点、论据分别是什么，焦虑满满。所以，为了消除脑内的焦虑，我给自己创造了一种时间，叫弹性时间。这些时间不能太长，基本控制在单次 10 分钟以内。不要小看这 10 分钟，它可以帮助我们在不打乱原有时间安排的前提下，为后续工作节省时间，提升效率。

明天要发的邮件，用 10 分钟先打好草稿；下周要写的书稿，用 10 分钟先以 bullet point（项目要点）的形式列出提纲；下个月要去香港，用 10

分钟先定好机票……

如此，我们既能保证大段时间内原有计划的执行，又能将待办事项提前做好安排，让生活因合理规划而井然有序。

23 岁，我不假思索地将生活推给我的所有选项通通尝试，做不成赖方法、赖工具，并不自知贪心是我最大的敌人。

30 岁，我终于看清目标，将愿望清单逐级"瘦身"，365 天，一家公司、一个娃、一本书、一个创业项目，尽量让每一分钟都成为我目标选择的结果。

正是在这个过程里，我开始明白，我要管理的，不是时间和精力本身，而是我希望自己成为什么样的人，以及我要在哪些维度修炼自己，才能早日成为这样的人。

3.2 不焦虑地度过孕期

2016 年 4 月，我得知自己怀孕。向亲人奔走相告之后，最初的兴奋感渐渐褪去。如何快乐地度过孕期？我也没有经验。为了迅速找到感觉，我的第一个反应是：问问过来人。

第一个采访对象，是我妈。

妈妈怀我时，依然骑着一辆"二八"式自行车四处跑。1988 年时，推销电器挣钱，她和爸爸揽了这个活儿。怀着身孕，妈妈仍从劲松独自骑车到石景山（30 多公里），哼哧哼哧地介绍一圈，工厂的人摆摆手，她又灰头土脸地骑车返回。

且不说当时环境下的辛苦，妈妈怀孕时，完全没把自己当孕妇，这个心态让我勇气倍增。

第二个采访对象，是我同事。

据介绍，孕吐持续 4 个月，她没有体验到任何作为孕妇的"美感"。最严重的一次，她匆忙抱起办公室座位下的垃圾桶解决，后来被领导安排在家办公。

她说，难熬的时候，真的只想躺着，什么孕期运动，都是"浮云"。对新生儿的期待，远没有如何捱过这一天来得现实。好在，最艰难的时候想想全世界的人都是这么生出来的，也就多了一分勇气。孕吐好转后她回到职场，气氛的欢乐也让她重新恢复过来。

我听着，决定对自己即将而来的孕期反应，做足心理上的准备。

第三个采访对象，是我亲戚。

她在查出怀孕后就递交了辞呈，在家安胎。

消除了工作上的压力，每天 24 小时都属于自己和宝宝。"你可以有大把的精力专注在怀孕这件事上，多跟宝宝说话，多做胎教。"

我点头。能够全情投入新生命的孕育，听上去真是美好的体验啊！

撇开挣钱的需要与体能上的因素，妈妈和我同事依然坚持原有的生活轨迹，展现出了一种怀孕女性可能的姿态，"我正在孕育生命，但孕育并非我全部的生活"。

我的亲戚因为孕育改变了原有的人生轨迹，"没有什么事比新生命的平安降生更重要"。以妈妈的身份看来，也不失为一种勇气。

这两种姿态，虽然不同，但没有高低好坏。将孕育置于人生优先级列表的什么位置，孕期就会是什么样子。我也问自己："你的倾向呢？"

★

如果身体条件允许，我更期待像妈妈那样，忽略胸部以下的肚皮变化，继续原有的生活轨迹。

首先，没有谁会占据我们生活中的全部意义，除了我们自己。

这么说，乍看之下有点"上纲上线"的嫌疑。但其实，我们的所有选择与行为的背后，都是价值观的投射。

我曾经认真地问过自己，对这个腹中小生命，我的期待是什么？思来想去，不外乎是健康、平安、乐观、皮实，然后，成为她自己。在所有从脑中闪过的答案中，我从不希望她将来遇到一个人，或者自己生下一个孩子，将这个人或者孩子视为她生命意义的全部。那么反过来，我父母对我的感情，何尝不是如此？

5 月，得知我怀孕，爸妈立即改签周末的机票，从新西兰飞回北京照顾我。那时的我，每天晚上 8 点进家，早上 6 点半出门。知道工作对我的意义，他们一次也没有对我表达过"孩子要紧，事业先放放"。这种支持，是对我的了解，也是"希望你依然按照自己的意愿去生活"。

在预备怀孕的时候，我煽情地问过妈妈："你觉得我是你生命意义的全部吗？"我妈愣了几秒钟，随即摇头："不是啊，我有我自己的意义，跟你没关系。"

我一个大白眼瞪过去，然后，如释重负。

我不必成为谁的全部意义，这种轻装上阵的幸福感，希望我的小孩也

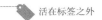

可以体验到。

今天为了胎儿的健康，我辞去工作好好安胎，那么，明天胎儿落地，越来越多的身体／心理挑战，我要不要一直牺牲自己的生活，以孩子为中心运转呢？不要。

其次，维持原有的生活环境，也可以减少适应新生活的成本。

我们每个人都有自己的"舒适区"，这个区间，不是指刷淘宝混天黑，完全心理上的"葛优瘫"，而是指你有可能工作节奏"996"，但你已经习惯了，如果强行改变，反而会出现身体和心理上的不适应。

怀孕早期，我听从医生的吩咐，在家安胎过一个礼拜。原先7点多的早餐，被我"傲娇"地挪到9点钟。早餐吃成了早午餐，午餐就成了下午的加餐，那晚餐是吃还是不吃呢？第二天，我要求自己准点起床，果然做到了，早餐、午餐都非常准时。为了奖励自己，我决定趁着阳光和煦小憩一会儿，然而，再睁开眼睛竟是我先生把我摇醒。生物钟全乱，晚上的觉，又是新的挑战。

对于我这样"给点时间就散漫"的人来说，重新回到办公室，简直是一种"拯救"。

中午和同事们吃个午饭，虽然饭点不一定保证准时，但有午休时间限制着，大家心里都有谱。

开会三四个小时，因为和熟悉的人在一起，偶尔岔个话、开个玩笑，大多时间心情都是放飞的。至于临时被抓来加班，由于我一早适应加班的节奏，了解自己的"警戒线"在哪里，有问题就喊个停，没有多严重。

如果我改变当下的生活节奏，那么我势必需要额外的时间去适应新的生活。而养胎本身，对我来说已经足够新、足够有挑战性了，同时让自己暴露在两个未知的领域，我不确定是否有充足的精力适应全部。

所以，在身体允许的范围内，不改变原有的生活轨迹和关注重点，以愉快的心情迎接新生，是我的孕期目标。这个目标一旦明确，我便要求自己从心态和行动两方面，做好以下几件事。

★别太把自己当孕妇

①体现在心态。

我妈妈的例子，对我一直是个挺大的鼓励。她 20 多岁能骑 30 多公里路，在被别人拒绝的情况下，依然没有亮出杀手锏"你看我大个肚子多不容易"，反而觉得"这家不行，再找下家呗"。这种好心态，说到底是没有太把自己当孕妇。

借鉴到我自己的孕期，如果时时刻刻提醒自己小心肚子，那我基本上什么事情也做不成了。

我正在怀孕啊，太凉的、太热的，太甜的、不甜的，吃多了都不好！

我正在怀孕啊，走不了太远的路，让他们去吧，我就不去了！

我正在怀孕啊，项目老板就别让我见客户了吧！

……

这些"我正在怀孕，我最大"的声音，一旦开启，就会像背景音乐，贯穿我们孕期的所有选择与安排，让我们画不清勉为其难与养尊处优之间的界线。

我经常拿自己调侃，确认怀孕的两分钟前，走路还是风风火火、脚下生风，"官方证实"后再迈开腿，那都要一步一个脚印地谨慎。真的是体力瞬间不济了吗？心态作祟而已。

所以，当我意识到抑制我内心能量的是自己贴上标签"我是孕妇，我必须XXX"，第一时间就是调整心态——喏，满大街的女性大多都会怀孕，你也没什么了不起。

②体现在形态。

公司里的很多女性到了孕期都会选择慵懒宽松的装扮，并且从走路开始，待人接物一系列动作开始放缓。她们未必真心喜欢这个形态，只是潜意识里认为"孕味"该是如此。

说实话，我也穿过一天孕妇裙，那种one piece（连衣形制）、肚子空间超大的裙子，第二天晚上就遭到H君无情嘲笑："亲爱的，你的行动是故意搭配你的衣服吗？"想想也是，本来风风火火的一个人，套上肥肥大大的衣服，举手投足难免就奔着慵懒的味道去了。衣着，直接影响着我们是谁，它一方面给人带来自信，另一方面也随时制造束缚。

孕妇裙被H君"毙掉"的那天晚上，我决定重新定义什么是属于我的"孕味"，并用半天的时间，将囤好的孕妇装全部打包装箱。整个孕期，除了衣服码数挑大一号，我的装束仪态基本上和孕前保持一致，化妆品依旧，只是全部换成植物成分。在身体状况允许的条件下，我对自己的要求是：体验身体中段日渐滚圆的肚皮，同时，精神面貌和对美丽的追求依然如初。

当我这么决定并且采取行动后，我发现仪态的舒展、步伐的稳健、妆容的干净，时刻都在反馈给我正向的能量，让我既体验了怀孕的丰富性，又享受着女性的自我和美丽。

★ 构建自助与他助系统

①自助：始终给自己积极的暗示。

情绪管理领域有一个著名的ABCDE原则，用来帮助人们将负面情绪转化为正面积极的信念。其中A代表Adversity，也就是人们遇到的"困境"。B是Beilef，由困境产生的负面"信念"，这些负面信念让人相信，无论怎么努力，都会产生一个坏的"结果"C（Consequence），这听上去很糟糕。但奇迹发生在后面的D和E上，D代表Disputation，它的作用是"反驳"之前的B、C，而最后的E，Energization，则用来"鼓励"这个D，从而激发出人们内心深处正面积极的反馈，扭转行动。

所以，真正发挥作用的其实是自我反驳与自我激励。以我为例。我有一个给自己做积极暗示的小习惯。考试时，遇到不会的题，首先镇定下来，"我不会，其他人也未必会"。第一份面试，遇到名校毕业有经验的竞争者，首先镇定下来，"我能来，说明大家都在同一起跑线"。

这种心理暗示，放在孕期依然奏效。身体略感不适，第一反应不是胡思乱想，而是很笃信宝宝在子宫里依然是健康安稳的样子，避免自己给自己制造紧张气氛。通常情况下只是累了，或者某个姿势不够舒服，稍稍调整一下就会恢复。

忙碌加班时，默默知会宝宝：妈妈现在会忙一阵子，你陪着妈妈，提前"预热"一下未来的生活。相比带着怨念去工作，"与妈妈并肩作战"的热血感反而活跃了气氛，成为当下新一波能量来源。

诸如以上，让"我能行，你也能行"成为自己的潜台词，时间久了，身体的能量场自然会维持在一个较高的水准。这个时候，你依然可以继续潜台词："你看，这也是宝宝在给我积极的暗示呢！"

一旦感觉体力不支，我也会立刻停下来，给自己时间休息调整，不做力所不能及的事。孕期肯定会遇到这样那样的困难，不自己严重化过程与结果，不成为绊倒自己的第一道坎，是每个准妈妈应该具备的心理素质。

②他助：要帮助就说出来。

麻烦别人是大家都尽量避免的事。可是在孕期，任何不自在、不舒服，第一时间与家人沟通、与领导沟通，让对方知道此时此刻你需要帮助，是明智的做法。

怀孕时，我和H君从劲松搬到了亦庄。刚开始坐地铁上班，一段时间后发现不妥。为了不耽误H君上下班，我私下想过滴滴专车的方案，后来被"叫停"。"你应该早点跟我说，早走50分钟，我送完你再去公司没问题。"剩余的孕期，H君无私地扮演了8个月顺风车司机的角色。

我和丹麦老板提过这件事，他也提醒我：在公司，不要避讳寻求帮助。我特别领情，但还是会不好意思。公司审计，我作为市场部的协调人员，高估了自己的身体状况，连轴作业，腹部痉挛了2个小时。那次我被老板狠批："我们缺人手吗？！"我认真点头，从此再也不敢不好意思。

懂得构建他助系统。在孕期，我终于学会有困难就张口，通过合理需求，让身边的人逐一成为我的护航者。

★去粗取精，给生活"瘦身"

人总渴望拥有，因此总有需求。这些需求里，有许多被我后知后觉地列入"我以为自己需要，但实际用不上"的范畴。譬如：衣橱里几季都穿不上的风衣，一年用不上一次的厨房电子秤，以吃喝为目的的聚餐活动，等等。这些物品占据在有限的生活空间里，这些社交填满了生活与生活的缝隙。

如果说孕期中身体的负重是必然，那么在精神层面，我决定卸下重负，轻盈前行。

①空间上的减负。

作为精简主义的执行者，我先生的衣橱常年只放黑、白、灰三种颜色的衣服，占据柜内空间半立方米，而我，正好是他的反面。

我从来没有计较过，拉开三个柜门找到一件黑色毛衣会用去我多少时间，直到身子日益笨重，找衣服的痛苦折磨着每一个清晨。

以前读山下英子的《断舍离》时，我曾用一个周末整理了不需要的杂

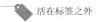

物，可惜心血来潮之后再也没了动静。毕竟，让精简成为习惯并不容易。
这一次，我依然不强迫自己坚持，一开始只把衣柜的空间"瘦身"。留下
最舒服、最喜欢的几件放在触手可及的地方，其余统统收纳进床下，这么
一来，每日花在衣服上的精力就节省下来了。

一个星期后，我和 H 君又自发整理了浴室和阳台，在浴室、花台上
只留平日必需的两三件物品，全新且暂时用不上的化妆品、照料不过来的
花花草草，被我们统统拿去送朋友、送公婆。

依然没有大把时间"断舍离"，但定期一次小幅度的空间"瘦身"，
不仅为我节省出更多时间用于关爱自我，也让我的心情有所放松，处在舒
服的正向循环中。

②社交上的减负。

如果说杂物是起居生活中的负担，那有些社交正在成为我们的思想
负担。

我曾经请教过 mentor：遇到不喜欢的人，我该如何与之相处？因为
无论是职场还是人生，我们总会遇到不喜欢的人和事，总会被他（它）们
消耗掉一部分精力与热情。也确实得到过一些有用的建议，比如放下成见，
专注于事情本身而非情绪。

然而，在孕期，我要远离那些带给我负能量的人和活动，和他们保持
一种弱关联。比如，能够用微信和电话解决的问题，就不再约私下见面；
与我关系不大的饭局和聚会，就尽量推掉。可能会得罪一些人，但这种把

负能量隔离在一米以外的决心，既是对我当下精力的保护，也是对我孕期目标的执行，我接受它可能引起的代价。

而这些负能量社交省出来的时间，被我统统用在了维系正能量的关系上。比如，与气场相投的亲友、同事、前辈保持定期的联系，微信分享近来的生活与感悟；偶尔在公园约个散步，可能只是 10 分钟，却可以起到迅速"充电"的作用。

我感谢当初做出社交减负的决定，当我卸下"肚子"，长期的正向社交已在我的意识和身体上留下积极的投影，让我以饱满的状态进入到产后的恢复中。

★

借鉴他人、设定目标、建立路径，以上三个步骤为我驱赶走大部分孕期焦虑。而让我始终快乐的秘诀，还在于看清自己的独特性。

我们相信，每个女性生来不同。那么，每个女性怀孕时所呈现的状态，自然也不会相同。

所以，借鉴他人时扩大样本范围，把鸡蛋分散在几个筐中，才能得到相对全面可用的信息。

我试想过，如果我的采访对象无一例外地告诉我"孕期超级轻松"，或是"孕期超级难熬"，那借鉴到自己身上，无非只有两种结果：要么遇到身体不济的情况，首先怀疑是自己的问题，并非孕期的正常反应；要么

苦大仇深，戴着滤镜，难以用积极的心境自我调节。

女性一旦进入孕程，在逆境中给我们力量、顺境里给我们助威的，就不再是别人，而是自己的心态。

刚查出怀孕时，我也经历过两周的见红安胎，被医生警告："危险！吃药，少走路，再出血马上来医院！"在家里平躺的日子，我胡思乱想过无数可能出现的"万一"。直到某个清晨，在拉开窗帘的瞬间，阳光重新照亮屋子，我忽然就放下了，想有什么用呢？生命的相遇，自有时机。如果我真的失去了你，那也只是我们见面的时机还未成熟。但是此刻我不放弃，你也别放弃。

到了孕晚期，我的体能达到前所未有的好状态，左手工作，右手爱好。因为了解自己的身体，我一天可以轻松地跑三家酒店见供应商；女儿出生前一个小时，我依然能够与"奴隶社会"的编辑远程改稿。

逆境的痛苦，顺境的自如，都曾光临我的生活，给我带来不会再有的双重体验。无论在哪个时刻，我都要求自己不再和他人比较，而是反复问自己这样一个问题：

"你希望自己的小孩平和而勇敢吗？

"希望。

"那好，她同样需要一位平和而勇敢的母亲。"

此时，我就要做这样的母亲。

3.3 职场妈妈 vs 全职妈妈，你做好心态管理了吗?

"回归职场还是全职带娃"，妈妈群里曾经翻天覆地地讨论过。有人放下狠话，"我下个月就辞职回家带娃过消停日子"，就有人表态，"等娃三岁了，我绝对是要做回女强人的"。围城心理，人人都有，但真换了身份，日子未必更容易一点。作为在两边都有战斗经验的妈妈，我也来分享自己的看法。

★ 没有得到的，未必就是最好的

首先，职场妈妈的困境很明显。

闺女出生第四个月，我将小朋友丢给婆婆，一句"你安心工作，家里有我"，让我开开心心地回归江湖。

公司的办公环境对女性友好，每个楼层都配了母婴室。一开始我也满怀仪式感，小门一关，心无旁贷地给闺女"做饭"。直到销售大会掀起第一波忙碌。

那时我负责市场部，为了节省时间，我搬来电脑和纸笔，利用"做饭"时间与供应商开会。通常的画风就是：戴上耳机，将泵奶器音量调到最低，一只手操作脖子以下的"工作"，另一只手辗转在电脑和纸笔间。每天15分钟，倒也可以"双管齐下"。

第一次产后出差，一切都按计划顺利推进。女儿方面，因为提前在冰箱里存了"余粮"，"做饭"不是职场妈妈最焦虑的问题。会议结束的当晚，我和家人通视频电话，小家伙没有吵着要妈妈。我一时心情大好，挂上电话也斗胆寻思起来：事业与养娃兼顾，哪有传说中那么难！

然而，女儿9个月时贪玩从90公分的床上跌落，让我瞬间从"美梦"中惊醒——最开始是哭闹，我立即上网搜索"9个月宝宝磕到头怎么办？"，几百条应对措施迅速弹出屏幕，其中一条，如果出现呕吐、欲睡的症状，要及时就医。很快，这两条症状都中，我打车送她去最近的医院。医生对闺女脑袋一通观察，最后给出建议"如果怀疑脑震荡，可以拍个X光看看"。我当然是拒绝了。

第二天我继续请假，换到儿科研究所重新找医生看。大夫看女儿活蹦乱跳的模样，摸了摸后脑，手一挥，"没事，回家吧"。我这才踏踏实实地领回去。

这件事给我带来的阴影超乎我的预期，直到女儿1岁半，各种"跌打损伤如何处理"还是我浏览器的"常驻"页面。可以想象，当初大把的育儿功课做起来，势必占用一部分工作精力。

某一天，我趁着会议休息上网查安抚奶嘴的注意事项，忘记关投影，被同事拍拍肩膀："现在还只是护理阶段，等娃开始上学，各种兴趣班、辅导班、作业、功课，每一样都要花出几倍的时间。你又想管好娃，又想不耽误工作，两手都要抓，你不累死了？"

我长吁一口气，事业和育儿的平衡，或许本身就是一个伪命题。

可是，回家带娃就没有焦虑了吗？也不是。

女儿一岁半时，全家搬到奥克兰。回归阔别6年的城市，我仍然要花时间重新适应。

过渡期里，H君工作，我在家带娃，试着做好时间管理。

上午出门活动两个小时，消耗体力。

中午做一些小面条或者小饺子，愉快地吃完午睡。

我自己没有午觉习惯，两个小时的时间要么收拾屋子，要么忙自己的事。

女儿午觉醒来，备好水果点心，同时准备晚饭的材料。

"队友"到家，承包看孩子及厨房后续洗洗涮涮的工作。

晚上洗澡，讲故事，9点让娃入睡（通常会更晚）。

如此6个月，说孩子没有让我疯狂的时刻，怎么可能？"terrible two"（可怕的两岁）的"杀伤力"，我可是分分秒秒从女儿身上领教过。

丢在地上的东西，姥姥、姥爷、爸爸捡起来，都不行，要重新放回原处，哭着等妈妈捡。

饭前洗手，人已经被爸爸带到二楼洗手间，打开水龙头的一瞬间突然跑下楼，必须妈妈洗。

一个 Kiwi 妈妈来我家做客，目睹女儿"发作"，说当地人叫这个岁数的孩子"mummy's girl"——只要妈妈。我疯狂点头。

女儿平时也算乖巧懂事，自己的事情自己做，明白的时候特明白。然而一旦陷入磨人的小情绪中，也是分分钟不能自已。

每个孩子都是天使，但天使也要吃喝拉撒。职场妈妈是"996"的工作节奏，因聚少离多反而享受了更多天使的时刻，而全职妈妈则是 24 小时在线，日子过进每一天里，已经分不清是幸福还是纠缠。

我的一个女性朋友对我说："你还算好的。"全职 6 年，她的痛点在于："我是否接受全职妈妈的身份？前同事们在朋友圈晒出光鲜业绩、晒难得假期的时候，我的自我、我的人生意义只是这样了吗？"

这么比照，我也有过尴尬时刻。刚开始全职带娃的那几天，被其他家长问："你在哪里工作？"支支吾吾半天说不出来。

质疑，并在质疑中继续向前，是全职妈妈永恒的反复。

★ 冲动选择不难，难的是真正执行

我曾经在出差加班的夜里，满脑子都是孩子天真烂漫软萌的笑脸，心里放出狠话，"只要明天能早点回家抱女儿，今晚不睡也乐意"。

在家带娃的时候，因为女儿寸步不离，我也萌生过夺门而出，消失一天的念头，"只要不看孩子，什么工作我都乐意"。

世上没有完美的选择，每个选择都要承担相应的代价。只是做出选择之前，我是否真的想明白：

我想要的生活到底是什么？

我的资源支撑得起我想要的生活吗？

有过做全职妈妈的"过渡阶段"，我就更明白自己渴望留在职场的真正原因是什么。

经济上，我需要赚钱给孩子提供更好的条件，"队友"当然是重要的经济来源，但我们现阶段的生活，远未实现理想中的财富自由。

精神上，我渴望能为社会贡献价值，进入职场是将自己交付给社会最直接的方式。而女儿看到妈妈能够"自己养活自己"，对她来说也能搭建起自己未来模样的雏形。

当然，每个人在每个阶段的重点不同。就像我十分敬重的一位女性好友，在《财富》500强公司打拼7年，在担任总监的第二年因为早产毅然选择回归家庭，对她来说，给孩子充足的安全感和陪伴居于未来生活的首位。纵然同事惋惜，她还是留下一句话潇洒地离开："人生中的选择，没有放弃，只有取舍。"

我太理解她的立场。每当被问到"留在职场还是回家养娃，你的建议是什么？"时，我都会参照自己和女性好友的例子说：如果你可以列出必须工作的理由，或者必须回归家庭的理由，剩下的就是配置资源了。

★ 问题1：渴望职场的妈妈是否找得到行动上的支持？

有句话说："我们认为生活是容易的，因为背后总有人为我们承担那些不容易。"我和"队友"虽然不用"996"，但出门"打怪"的每个日子里，婆婆一个人就可以完成带娃、家务、做饭等一系列工作，为我们除去后顾之忧。我的一些同事，一个月远距离出差四次，也是因为两边老人每周轮流"上岗"，老人实在带不了的，也能寻得个把靠谱能干的阿姨保姆搞定。

每一个会飞的女超人，背后都有一个强大的支持系统。若资源不足，超人依然可以飞行，只是从万丈高空变成贴着地表，随时方便自己回家"救火"。

★ 问题2：回归家庭的妈妈是否找得到心理上的认同？

对于回归家庭的妈妈来说，此时此刻，"我就是自己的资源"。唯一伤脑筋的是，家人是否尊重我全职妈妈的身份？

无论是自主选择还是无奈之举，我们都需要最亲密的人的认同和理解。就怕长辈会质疑：XX的女儿可以兼顾职场和家庭，你是不是能力不行？就怕丈夫会质疑：带娃、收拾卫生在下班时间做就可以，干吗要辞掉工作？

世界就是这样，总有人产生错觉——女性两头兼顾是理所应当的，仿佛边炒菜边看娃是捎带手就能完成的事。全职在家的日子里，我没有怀疑过自己的身份和贡献，其中一个原因是"队友"的体恤。吃完饭自觉起身刷碗，帮娃洗澡，举手投足向你展示出"这是我们两个人的家，不该你一个人大包大揽"的架势，领情态度满分。

你累，我不理解；你付出，我不领情。假若一开始没有在"回归家庭的意义"上达成共识，那么，全职生活后，个体的自我认同与幸福指数就很有风险了。

★ 站在自己的跑道，解决问题

回到开篇群里的讨论，妈妈们渴望互换战场，其实心理十分明显，"我无法掌控我现在的生活"。然而，我们已经知道，生活并不会因为换一种选择而变得轻松。那么无论你是留在原来的跑道，还是下定决心换一条跑道，我们的当务之急，都是对所选的跑道重新建立掌控感。

★职场妈妈的成全式心态：将短期的愧疚感转化为长期的收益

曾经让我无法寻得身心平衡的，是来自两边的日益增多的愧疚感。

孩子受伤找妈妈，妈妈出差不能回来，第一时间只能跺脚："在孩子最需要我的时候，我为什么不能及时赶到？"因家事请假一周，没有在规定时间内完成老板交付的任务，虽然赶上深明大义的领导，未挨批评，但心里还是鄙视自己100遍，"我让器重我的领导失望了"。

诸如以上，我的所有愧疚皆来自左右难两全的瞬间。然而，当过全职妈妈之后再回归职场，这种愧疚感忽然消散了。因为我想明白了：左和右本身就是难两全的啊！无论这个左和右具体是什么。

全天候陪在孩子身边，我就是一个好妈妈吗？很遗憾，不是的。很多段亲子时光结束后，我常常陷入自我怀疑："刚刚我做到高质量陪伴了吗？

我科学安排时间了吗？孩子的需求我都照顾到了吗？"严酷的真相是：总会有这样那样"更好"的理念和做法，让我后知后觉，自责亏欠。而没有孩子，我就能全副身心投入职场吗？当然也不会。恋爱、婚姻、自我，它们中的任何一项都如此重要，会突如其来地占据我的工作时间，让我顾此失彼，手忙脚乱。

当我从内心深处接受愧疚感永恒存在这个事实后，我选择成为职场妈妈的意义才更加重要。

要开会，要出差，错过她第一次用筷子夹菜的遗憾，曾深深埋进心里，在直面女儿的很多时刻刺痛我的神经。然而现在不会了。因为我知道，我经历的只是暂时的失去，从长期来看，我在职场积累的思考终将让我成为一个更有视野、更有方法、更有体悟的人，这些智慧会揉进我的教育方式，引导女儿获得更有价值感的人生。那么，若错过再次发生，我会让自己在职场的这一端全情投入、尽力学习，将失去的亲子时间转化为此刻增长在我身上的一项技能、一个见识、一个基础思维，然后在日后的生活里回馈给孩子。

同样的，孩子高烧不退，需要妈妈给个拥抱，我仍然会为缺席一场会议感到抱歉，但不会再有亏欠。因为回家照顾孩子的同时，我让自己记取如何爱人，并将这个能力带回职场，在任何需要我提供支持的时刻，不吝啬给别人相同的理解。

或许从短期的家庭和工作的视角出发，我不是最称职的人，但站在未来，从自己出发，我已经做到了我所期待的平衡，那就是尽力让家庭和职场相互补缺，彼此成就。

若说这些年做职场妈妈积累了什么心得，那就是我终于能够判断哪些时刻孩子更重要，哪些时刻工作更重要。我可以不轻易做出决定，但决定一旦做出，我就会要求自己开启以上"转换模式"，全力以赴，不留遗憾。

＊全职妈妈的成全式心态：将长期的挫败感转化为短期的创造力

与愧疚感不同，全职妈妈的纠结在于一眼望到头的挫败感："我读了那么多年的书，工作了那么多年，到最后只能回家带娃，成为一个'没用'的人。"

然而，真正全职过一段时间，这个想法被打破。可以说，以上职场妈妈的心态转换，正是从全职的日子中获得的。因为那段时间，我首先发现，如何沟通、如何创新、如何管理精力、如何用系统思维解决问题……每一样我们在书本和职场习得的技能，如果留心，完全可以照搬进家庭生活中。

比如精力管理。全职在家半年，我没有那么手忙脚乱了。我摸索出自己的精力曲线，妥妥将精力高峰期用在女儿的户外娱乐上。至于精力的低谷期，过家家安排上，自己扮演虚弱的病人，等着闺女端茶倒水伺候着。既满足了小朋友的表现欲，又给自己争取了 10 多分钟的休息时间。

再如创新。既然我的服务对象是孩子，我是不是可以在全职期间从事儿童教育相关的研究，利用互联网的便利，将心得定期产出，建立自己的社群和自媒体呢？

也是这个时候，我开始顿悟：我的育儿方法来自生活和职场的积累，而育儿中遇到的困惑，又不断扩张着我的积累，让我埋头在"研究他人、研究自己"这个领域，逐渐修炼、进步。这不正是我可以挖掘新的自我价值的地方吗？当这个想法被我用一篇篇育儿文章实践着，我的全职妈妈生活也找到了新的视野和意义。

仔细琢磨，无论我们身处何处，以什么身份自居，我们的生存模式大抵相同，都是在完成一个个具体任务的过程中，积累经验、提升心智、练成高手。那么，全职妈妈和职场妈妈，除了具体的项目不同，修炼的目的和本质并没有任何不同。看透这一点，全职妈妈因为在养育这个"项目"上投入了足够多的热情和深度思考，反而拥有更多自主创新和思维变现的机会。

★ 身在曹营，是抱怨还是应援？

这是我的最后一个建议——如果你还掌控不好现在的生活，同时并没有做好重返职场或回归家庭的打算，那么，请为自己所在的战场发声。

2009 年我出国之前，全职妈妈还是"不到万不得已，谁也不甘堕落"的选项。而现在，一批年轻妈妈正在崛起，在家带娃不忘关照自我，用文字和态度告诉世界，"原来全职妈妈也可以如此'硬核'"。谁说人们没有因为她们的努力而对这个战场产生一点点新的认知？

在父母辈年轻的时代，职场还没有母婴室，因为个人原因向男性领导请假还是非常难为情的事。现在呢，放眼看去，不少公司不光配备了母婴室，还有专业导师帮助职场妈妈应对产后心理问题。这背后，是管理层的女性力量在发声。谁说我们没有沾到光，在平衡家庭和工作的"妄念"中，减轻一点焦虑呢？

一个我很欣赏的麦肯锡职场人说过："更多女性留在职场，才能更理解女性的不容易，才能影响职场的氛围和规则，女性才有更多的话语权、更多平等的机会。"

比起吐槽大环境，选择建设环境的人毕竟是少数。无论别人如何，既然我回归职场，就代表我将与更多的职场妈妈并肩而战，就代表从今天起，我接过了那根红白相间的接力棒，成为新一轮的捍卫者和发声者。

3.4　书写的意义

十一二岁时，我在姥姥的督促下开始写周记——这一周发生了什么，我的成长体现在哪里。那个时期我有很强的抵触心理，认为成长按周计算本身就很矫情，按照这个速率，人人自律的理想社会岂不分分钟就可以实现？

那时候体验不到写作之美，还有个重要的原因，我既编不出华丽的辞藻，又提炼不出赏心悦目的观点。鲁迅写《狂人日记》，其中"那青面獠牙的一伙人"，让当时的我读完后连续几天放了学都不敢一个人走夜路回家。反看自己的文字，同样是叙述，却不具备任何想象力和冲击性。这导致中学之前，我对文字的匮乏感远远多于对美感的体验。

但是，我还是坚持下来。特别是如今写了一些尚拿得出手的文章——当然更多还是自我消遣的文字，我竟然发现，写作是对自我建设最有用的一件利器。

★　好处 1：在重复的生活中保持敏锐

我最早的写作方式是流水账，虽然日复一日的琐碎记录并没有让我强烈感受到成长，但它的确让我思考了一个现实的问题：这礼拜我要怎么写才能与上个礼拜不同？

比如，同样是周一升国旗奏国歌，这礼拜我的用词是"全体同学聚集操场，观看升旗仪式"。那么下礼拜呢，继续"全体同学肃立，目送红旗升空"吗？

带着疑问，我观察过升旗仪式和台下同学的面部表情，发现或许可以用"描述气氛"代替"描述事实"。于是，第三周的升旗仪式就变成"国歌是最响亮的闹钟，驱散了后排学生的困意"。那次的周记，被姥姥夸赞"不循规蹈矩"。

这件事启发了我——只要留心观察自己的感受，留心观察周围人的表情、行为，甚至只是天气及光线强弱的变化，每个周一我都能以不同的视角变换出新的花样。

后来中学时读张爱玲的《小团圆》，"雨声潺潺，像住在溪边，宁愿天天下雨，以为你是因为下雨不来"。班上的女生们懵懵懂懂，私下讨论，我试着说出自己的理解，"明知道你不想见我，却依然为你的不来找借口。爱情，容易叫人一厢情愿"。答案未必正确，但第一时间对文字的敏感也让自己略感惊喜。

在那之后的十年里，我毕业、工作、结婚、生娃，但都没有停止写作。

给两岁半的女儿进行如厕训练时，小人儿怎么都不愿意坐马桶，家里人以为是她害怕、不习惯，我一个闪念："是不是因为妈妈不给你换尿不湿，觉得妈妈不喜欢你了？"小人儿几乎哭着栽进我怀里。

那个闪念，其实是我多年写作养成的习惯——凡事往深想一步，情感再细腻一些，观察再入微一点。

"逃跑计划"有句歌词："我祈祷拥有一颗透明的心灵和会流泪的眼睛。"因为写作，我不知不觉养成"打开自己"的习惯，观察生活，感受他人。如果生活是无边琐碎的重复，那么感知平淡生活中的不平凡，就是写作给我的第一个好处。

★　好处2：学会享受孤独，与自己对话

小时候第一次理解孤独，是因为古龙笔下李寻欢和阿飞的一段对话。

李寻欢问阿飞："你可知道树上的梅花开了多少朵？"

阿飞道："十七朵。"

这番对话让当时的我心里一颤，一个人的内心究竟有多孤独，才能尽数这树上的梅花呢？

我2009年出国，远离从小长大的北京，很快陷入了思乡的孤独。这种孤独，白天热闹的时候不会察觉，黄昏的时候它就自己跑出来。尤其是5个小时的时差，会将一个人内心的情感放大。那也是我写东西最勤快的时候。

后来读贾平凹的书，说孤独是生命的常态，我们终要选择自己的方式度过。我发现，写作就是我选择的方式。因为一方面，自己就是人生纪录片的作者，记录下某年某月的某一场景，某一个内心活动后，创作的乐趣恰恰可以抵御虚无。另一方面，写字的过程也是自我治愈的过程——表达所思所感，沉睡在身体中的那个自我突然在文字中被看见、被回应，孤独感便也无处存在，此时我就是自己的倾听者。

如果人生终究是一个人的旅程，那么因为有另一个自己作陪，我不怕在这条路上走到底。这也是写作给我的第二个好处：无惧孤独。

★ 好处 3：在模糊中找到方向，厘清思路

读书时，我特别愿意给人讲题。因为学得透不透、深不深，自己觉得不算，能够从头到尾不打磕巴地给别人讲明白，才算真正将知识内化了。这个具体化的过程，往往能够让我更清晰地看见问题。

离开学校，写作就具备相似的功能。

2010 年，我在新西兰开始第一份勤工俭学——在市中心区码头的日本餐厅端盘子。那时我刚刚结束上一段恋爱，第一次近距离接触当地社会，担心自己没经验做不好，给别人添麻烦。为了给自己打气，我注册了博客开始写字。第一篇的标题就是"化解焦虑"。

可是，开篇第一个字我就憋了半天，这个"气"要从哪儿开始打呢？与想一想的含糊不同，写一写才是检验内心真实想法的镜子，因为当思绪

落在纸面，人会获得二次机会对其进行审视，辨认其真实性。当我在专注中试图将思绪抽丝剥茧时，我看到自己最大的不自信并非来自没经验，而是我当前的英文水平。

2013 年我毕业找工作，有两个方向摆在眼前：大公司和小企业。当时我请教过一些前辈，得到的建议是，大公司机会多，小企业成长快。我自己呢，隐约觉得大公司似乎更适合，但底气并不很足。在拿不准主意的几天里，我打开电脑，新建一个文档，把我认为大公司的优势一一列出来，把自己的需求一一列出来，以及我的担心和优势。完成这个文档，我忽然就有了选择的底气。那一次，我果断选择了大公司，相比小企业，大公司内部培训的机会多，横向与纵向发展的机会多，可以帮助新人提升自我、开阔眼界、找到热爱。

我渐渐发现，写作是将思考清晰化、具象化的过程，大多数我以为的担忧、不确定，会在落笔成章的过程中被重新洗牌，曾经的担忧未必是真的担忧，曾经的不确定因为有理有据，转而可以非常确定。

这就是我想说的第三点，因为写作，我有机会活成一个思绪分明的人，有机会在思考与表达中重新认识自己，建立行走于这个世界的自己的认知和"消化"系统。

★ 好处 4：在自己的人生中留下痕迹，让成长可视

某天我数了数，我们家的冰箱上，贴满了大大小小 70 多个冰箱贴。

这是被 H 君带出来的习惯，无论出差旅行到哪个城市，一定要买回当地的冰箱贴作纪念。

小时候的我还没有这个习惯，也不理解相册这种东西为什么被父母放进保险柜。随着年纪的增长，我慢慢懂了——这个世界上最大的成就感，就是让自己走过的每一步都算数。

在职场跨界几个领域后，我最受安慰的事情就是每段跨界结束时，都有文字记录当时的所失所得。比如离开 IT 转型市场，我写了长文表达每个任务都教会了我比任务更重要的事，比如如何管理自己、如何管理预期、如何与人相处。

教育中，我们提倡"成长型思维"——从小让孩子知道，自己的智力和能力不是一成不变的。即使错过了早年教育，成年后，我知道这种思维依然可以靠写作重新习得。

2009 年，我在奥克兰一个教会做义工，暖场时有一个 3 分钟的自我介绍，那时我英文不好，介绍得磕磕巴巴。当天晚上，我将这场失败的亮相记录在博客上，并且做出决定，以后的每一次演讲都如此记录。

2017 年，我主持了一场部门级的大会，下场收到的反馈是临场反应快，主持不生硬，一些互动设计得很接地气。那时候，站在台上已经成为我的工作常态，我习惯了它的发生，就像喝水吃饭一样自然。

8 年时间，文字记录了我关于演讲的每一次成功和失败、经验与教训，它们自发形成一条"成长曲线"，让我在看清趋势后告诉自己：是的，没有停在原地，进一步有进一步的欢喜。

现在遇到任何挑战，我的第一直觉都是"我可以，没问题"。这是写作带给我的第四个好处：竖看人生，总在进步，就总有自信欢喜。

简单来说，我的人生因为写作，变得自带驱动，也更加清澈澄明起来。但这并不代表不会遇到困难。写字的障碍也是实实在在存在的。王安忆说，每个写作者都会经历所谓瓶颈期，就是状态停滞不前的时期，这个时候谁也帮不了你，只能靠你自己慢慢挣扎出来。

比如文章的节奏，写着写着我就会拖拉，哪里该一笔带过，哪里该展开细节，哪里要讲理，哪里留给读者自己品味就好……都是需要细心考虑的问题。

再如，给"奴隶社会"投稿的一些文章，编辑会细心点出来：是自己表达爽了比较重要，还是服务他人的阅读习惯重要。通常情况下，两者不分你我，考验的是作者的全局感和对语言风格的拿捏。

又如，模仿他人还是贯彻自己的风格。我有很欣赏的作者，经常看他们的文字，写作时难免带入同款调调，背景音乐般闪现出来，自己的风格就迟迟形成不了。只研究差距，不复制风格，说起来简单，做起来却不容易。

这些问题，我已经慢慢解决掉，或是在解决的途中。截至今天，我已经完全熟悉一篇文字如何拆分——用几天的时间思考主题，用几个小时酝酿开头，几个下午阐述论点和分论点，几个小时收尾落脚点，当然，还有再挤出多少时间试读和修改。

　　然而，架构文章可以学习，自己的写作状态可以调整，它们都算不上天赋。如果写作真有天赋，在写出一定量的文字又遇到以上瓶颈后，我发现这种天赋只来自两个方面。

　　★ 其一，你想写的内容是否反映出自己的真实？

　　好的文章一定带着写作者的真诚，即观点能体现出作者的经历留下的痕迹，可推敲、可论证、可相信。保持真实是找到自己风格的关键，因为你遵从内心写出的文字，一定是最符合自己的风格的文字，那是你表达自己最舒服的方式。而阅读时将内心的真实感受带进他人的作品，你也会从自身的思考中找到独特的欣赏视角，并不会茫然深陷于他人的风格而无法自拔。

　　★ 其二，你对生活是否有足够的输入和思考？

　　不会输出的根本原因不是技巧不够，而是输入不足。写作是帮助思考的重要手段，反过来心中有所思，下笔才会有所达。经常阅读的人不会有表达方面的困扰，因为阅读的过程本身也是开启思考模式的过程。尝试保持自省，保持对生活的感知，输入到达一定程度，你自然就会有持续输出的动力。

　　有人说阅读让我们领略不同的人生，看见窗外不同的风景，我想说写作也是一样，它教会我如何借助文字与自己相处，因而对生活具备一点掌控感。因为写作，一地鸡毛的生活偶尔能被照进或明亮或诗意的光，我们借这光，将自我重新拾起。

1

突破

找到思维边界，解锁更多可能

4.1　用一张纸"卖"出自己

在新西兰筹备创业之前，为了不"坐吃山空"，我必须找一份工作。然而有 4 个多月，要么发出去的简历石沉大海，要么收到拒信。我当时的第一反应是目标定得太高了，即便在国内有在《财富》500 强企业工作的经历撑门面，在 HR 眼里缺少当地工作经验依然是现实问题，那么我可以降低标准，先找几家小企业把这方面补足。

我把这个想法和一个在当地有 10 年 HR 经验的姐姐说了，她二话不说抄起我的简历，看完先是肯定了我过去的工作成绩，然后毫不留情地说："我要是 HR，可能看完前 5 行也放弃你了。"不是没有当地经验的问题，而是压根读不到那里就没兴趣了。

之后的一个小时，她面对面传授了技巧，我回去又自己消化了一番。正如穿错了衣服的尴尬，我的优点没有展示到位，反而处处暴露身材上的缺点和破绽。想扔块砖去敲门，结果却没使对力。

都说写好简历是最基本的功夫，但不只新人头疼，工作久了想换换地

方的"老司机"也依然头疼,以下几个写简历的误区,相信不只我一人栽过跟头。

★ 误区一:不写明具体求职意向

我身边常有朋友托我留意工作和恋爱对象,大部分人可以说清楚自己的具体要求,但我也遇到过这样的朋友,微信里吱喝一声"我最近在换工作,你帮我留意公司里有没有合适的岗位,最好是业务部门",或者吃饭聊天时,"我表妹大学毕业了,你身边有没有合适的男生给介绍介绍,人品要好"。

这两类拜托,我经常不知道如何下手,因为没有列清详细需求,只抛下"合适"二字,基本上就像考前划重点——"学过的都有可能考,你们自己看",不具备实际参考意义,而不交代清楚自己的具体需求,被拜托的人也很难感受到你的迫切和诚意。

将心比心,招聘方在后台也是一个个读简历的人,你对自己的定位清不清晰,你在申请前有没有做过功课,你是不是真的属意这个岗位,从你的职业目标上就能直观地感受到。例如以下三个人,你对谁的感觉更好?

A. 不写求职意向。

B. 求职意向:我目前正在寻找市场和销售相关的工作机会。

C. 求职意向:我希望申请贵司的 XX 职位,以此拓展自己在市场方面的相关技能。

显然，A 给人的感觉八成是没有目标的"海投"，B 是有一定范围的"海投"，C 最有备而来，开门见山。

我听过一个有趣的说法：写简历就像写情书，你首先第一行就要有"To XXX"的明确目标，逻辑很简单，直接点名，才能引起对方的重视。

那位姐姐的意见也再次提醒了我，"目标明确，HR 才知道要用哪些关键词来筛选你的简历"。大部分简历都是申请者直接投到 HR 邮箱的，有时候打开简历的不一定就是负责招聘你的 HR，而开头写明你的求职岗位，对方才方便帮你转给需要它的人。

★ 误区二：在简历中全方位展示自己的价值

我在诺和的第二年，身边想要职场转型的同事纷纷都去读书了，以清华 MBA 居多，我亲眼见证了他们从筹备到离职的心路历程。其间申请学校，每个申请者都要准备一份简历，它的功能正如一张名片，要特别"高大上"，要让校方一眼锁定你的价值。所以，即便只是志愿者经历，热身公益、放眼世界的情怀也值得写进那两页纸中。

从北京回到奥克兰，我也这么准备自己的简历。和很多求职者一样，我内心的想法是：既然我做过这么多的事情，不写进去多可惜？否则招聘方如何知道我很厉害？

真相是：与申请工作无关的技能，招聘方真的没兴趣知道。HR 姐姐告诉我这样一个数字，一个资深 HR 平均花在每份简历上的时间大约只有

10 秒，这意味着，你用两页纸费尽心思罗列了生平所有的技能，HR 仅仅扫过前 10 行就可以决定你的去留。这种时候，是让招聘公司知道你有 100 项技能重要，还是节约时间只列出他们关注的 5 项技能更重要呢？

原来，我一直误解了简历的功效。它的最终目的不是拿到岗位 offer，而是拿到接下来面试的机会——让 HR 看完你的介绍后，真心想见到你这个人。等你真的坐在面试官面前，不怕没有机会展示更多面的自己。

所以，若把过往的工作经历一股脑写进简历，要么给人抓不住重点的印象，浪费了 HR 的时间；要么给人不必要的顾虑："你太优秀了，能在我们这个岗位待久吗？"

一份简历，应该同时具备概括性和针对性，用精练的语言回应雇主"为什么我们应该考虑你"，以使自己拿到面试的入场券。

★ 误区三：工作经历照搬岗位职责要求

每条招聘信息发布时，都会自带大段岗位职责要求，将这些要求复制到自己的简历，修修改改，也是我做过的事。对此，HR 姐姐给了很中肯的意见："HR 比你更清楚这个职位的 JD（职责描述）大概是什么样子。"

将心比心，只罗列自己"做了什么"，不写明自己"做成了什么"，别人确实会一头雾水：你的能力到底在什么水平？

以我自己为例。我曾经的一项工作内容是培训 IT 供应商，写在简历里就是简单的一句："组织 IT 供应商大会，对现有供应商进行公司最新合规培训。"而修改后，它变成了："每年 2 次组织供应商大会，对现有的 30 个核心供应商进行公司最新合规培训。2015 年总部供应商审计结果为 0 重大事故。"

前者放在一堆文字的简历中，是完全激不起任何涟漪的，而后者经过量化，HR 一眼就能看到这些关键词，阅读的同时就能在头脑中形成直观的判断。

一般来说，"做成了什么"越具体，就越有参考性，能用数字概括最有说服力，实在找不到数字评估，也可以尝试"曲线救国"。我做 IT 助理时，预订会议室、整理文件等日常工作无法量化，但我又急需写进去，那么我就可以这样描述："连续 2 年在年终考核报告中达到 90% 的满意度。"

总之，照搬求职要求是最没有含金量的手段，从描述经历落实到描述结果，从泛泛概括落实到具体数字，量化得越细，HR 越能判断你的技能水平。

★ 误区四：跨界前的经历统统无用，不写也罢

我在新西兰参加过几场求职讲座，其中一部分人的纠结是：转型进入新领域，简历单薄，别说一页纸了，半页也憋不出来。这有点像刚毕业的新人，没有实习，校园经验是否拿得出手？

我曾经也有同款困惑，毕业回国时，工作经历仅仅是勤工俭学时期做过餐馆服务生，对如何敲开制药公司的大门，我完全没有头绪。那个时候，

在国企做面试工作的一个亲戚帮我打开了思路：资深面试官看的不只是能力，更是申请者的潜力。

什么是潜力？我回家立马"头脑风暴"。我打工的那家日本餐厅，筷子与餐巾纸边的距离可以精确到 3 厘米，每一个上早班的日子，我都按照这个要求摆好 24 张桌子。这一工作经历放在简历上能看出我的什么潜力呢？——关注细节。

在助理的岗位要求中，关注细节被列为最重要的一项技能。如果我可以恰当地呈现出自己在这方面的能力，也暗示着未来，我在雇主的公司同样可以保持和发挥这项能力。

照着这个思路，有人的地方必定有团队合作，那么就谈沟通技巧，就提抗压能力，无论应聘哪个岗位，它们都是加分的软性实力。那时候我明白了"潜力"的意思，它是你迁移已有技能的能力，也是你从经历中带出来的主动、肯学、不惧挑战的态度。

所以，谁说跨界前的经历没用，只要它们成功激起你未来雇主的信心——"虽然你没有同行经验，但你做过类似的事情，我看得到你的潜力"，这些经历就统统算数。

★ 误区五：求职信和简历大同小异，能省则省

在新西兰，求职信和简历被视作两份不同的材料，需要分别发送给招聘公司。

过去我对求职信一直有种迷思：既然 HR 的时间那么宝贵，为什么还要花时间看两份材料呢？求职信和简历有什么不同？

现在我可以说一句：太不同啦！简历里的东西是略微乏味的，而能够申请同一个岗位，说明人与人的能力基本相差不多。但在求职信上，你可以用更活泼的语言，展示简历以外的自己，给 HR 留下一个有别于他人的深刻印象。

比如，对简历内容做补充说明。

我有一段 1 年 7 个月的 gap year（间隔年），在简历上显眼的位置，我不想占用太多篇幅耽误主题，这部分解释被我巧妙地放在求职信中："……间隔年期间，除了把家从北京搬到奥克兰，我也没有放弃对写作的热情，完成了第一本自我管理书。"

果然，在面试中，有个面试官的问题是：看这个经历，可知你是一个有自我追求的人，能具体说说吗？

除了高度提炼经验、能力，求职信最有价值的功能，就是对简历里不方便展开的内容做补充说明，让 HR 看到更全面的你，提升你的亲切度与立体感。

再如，给出除技能外公司选择你的理由。

如果你特别憧憬这家公司，并且也做了深入的研究，那么在求职信里，你可以放心"表白"。不是所有人都有满腔热血，也不是所有人都能注意到目标公司的核心价值观，当你表达自己的仰慕时，也是在告诉 HR，你

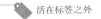
的个人价值观与公司相互匹配。

又如，提醒 HR 尽快"翻牌子"。

看简历不是 HR 的全部工作，一份优秀的简历很有可能因为 HR 事务繁忙而遭遗忘，我们不能在简历里要求"尽快跟我联系"，但求职信里却可以在结尾处划一下重点："我很希望有机会能将自己的才华带到 XX 岗位。如果有幸进入面试，我会进一步向您展示我的经验和能力如何帮助我胜任 XX 角色。综上，希望尽快得到您的联系。"

简单几句话作结，也是用迫切的心情提醒 HR 尽快采取行动。

我很感激那位 HR 姐姐，在修改完简历后，我成功拿到了两家心仪公司的面试机会。

回到开头，缺乏当地经验是当初一个不小的短板，然而，在解决这个问题前，我是否已经把自己能控制的环节尽量做好？投简历，有时不是我们的运气不好，而是我们的功夫没有下够。

4.2　我是新人，但我值得你的信任

最早申请诺和诺德的实习时，我经历了 5 场面试，当时心里隐隐觉得：一个小助理的岗位，5 场面试是不是过于隆重了？后来我实习转正，与当初面试我的总监、经理、HR 打成一片，因为几位经理曾当面夸奖，"招 Sophie 是个正确的决定"，我索性也大胆询问："每场面试，你们都看些啥呢？"

我的这几个领导，加起来也有上百场面试经验，他们的回答却如出一辙，基本每个面试官都想从你身上寻找以下答案：

你能够胜任这个岗位吗？你有多热爱它？

你会得罪别的团队／同事吗？与你一起工作是否会心情愉快，你是个好相处的人吗？

这些问题听上去似乎很感性，但细想确实不乏道理。著名的"素质冰山"模型指出，以每个潜在面试者为例，知识、技能、经验属于表面的"冰山上部"，可见可证，而个人品质、价值观、自我认知、内驱力方面，由

于不轻易可见，通通是"冰山下部"。而正如前辈所说，每一场面试，影响面试官录用与否的决定因素，是信任——"你的实力、你的热情、你的人品，是否值得我这一票？"

那么对"冰山上部"实力还很有限的新人来说，除了用成绩和实习经历证明自己的实力以外，如何恰当地运用"冰山下部"的板块向面试官传递出"我值得信任"的信号，也是不容忽视甚至至关重要的突破点。在这个方面，以下四个贴士，或许能帮到你。

★ 回答问题以"我"出发，而不是"我做过的事"

我的前任经理告诉我："不是工作和项目定义了你这个人，而是你定义了你的工作。"

面试中，"请简单介绍一下自己"可以说是逢试必考了。

在诺和集体面试环节，我就遇到这个问题，也仔细聆听了其他面试者的答案。在我前面的两个女生，一个毕业于北大，做过学生会的工作，毕业时有漂亮的 GPA 数字；另一个有在北京银行实习的经验，十分擅长操作办公软件。说实话，论单项我都拼不过，听完心里一下就虚了。

然而，来都来了，我还是硬着头皮做了心理建设，毕竟坐在一间屋子里，说明我的能力也不差。那天我的发言大概是："我很喜欢服务他人，在国外做过服务生，也做过志愿者，当我发现诺和是一家致力于改变糖尿病的公司，我感受到了更强的使命感。"

我也不知道自己说得怎么样，直到过了实习期，面试我的一个经理才向我透露："你知道吗？你的发言本身闪光点不多，但你是那场面试 5 个人中唯一用了'我是个什么样的人，所以我希望得到 XX 工作'来自我介绍的。"

有区别吗？有。因为你知道自己是谁，所以你更清楚自己的热情在哪里，更能胜任怎样的工作。

在自我介绍的环节，只机械地表达自己过去做过什么、有过什么成绩，虽然不能算错，但面试官最多只能看到"你是优秀的"，未必看出你有多不可或缺。

2018 年，我在新西兰回归职场，经历了几场老外的面试，依然可以感受到，除了对技术有严格要求的高精尖岗位，一般岗位能力经验都合格的面试者，比的还是谁更能展示自己的热情。

而热情本身实在不难证明，在必要的环节，展示自己对目标领域的历史、现状及未来发展的了解度，必要时用数字说话就能做到。但从主观感受上，以自己是谁（性格、兴趣、热爱）开场，进而引出选择行业的动力，简单衔接，面试官很容易有基本的信心——这个人知道自己是谁，似乎比其他面试者更有可能以愉快的心情将工作做好、做长久。

★ 几乎人人都知道 STAR 模型，但不是人人都可以讲出好故事

面试中，最直接、最有"杀伤力"的建立信任的途径，就是借助故事。

而可以让我们讲故事的面试问题又实在太多，比如：说说你遇过的棘手的事，你是如何解决的？

网络上有帮助新人建立回答思路的 STAR 模型：Situation（背景）、Task（任务）、Action（行动）和 Result（结果）。

然而，模型背得再熟，也不见得能说出打动听者的好故事。

我最初找实习的时候，并没有什么出彩的经历可以讲，所以在面试官问我以上问题时，我唯一能想到的例子就是在海外打工却"遇人不淑"的一段经历。大致情况是我被"老外"欺负，从恐惧、犹豫到最后鼓起勇气为自己辩驳，没有"坐以待毙"。

说实话，这个故事没多了不起，但讲到最后，我自己也红了眼眶。其中一个面试经理——后来也是对我职业生涯最有帮助的领导之一——私下告诉我，当时她的内心挺震动的。后来我知道，她曾在英国留学几年。

什么是好的故事？一个做过 200 场面试的 HR 姐姐告诉我，能让听者产生共鸣的就是好的故事。在我的例子中，共鸣来自人性的软肋，也来自那些场景中真实的情感起伏。

我有一个大学同学，是业余橄榄球运动员，面试他的一个经理，在多年后成为我们的朋友。据说，我同学的几场比赛逆袭经历震住了当时的面试官，也让在场的面试者重新认识了合作精神，帮助他最终拿下 offer。

所以，我特别鼓励——如果你是在校学生，现在就要留意身边的校园活动机会；如果你已经在找实习机会，不尽如人意的公司岗位也不要轻易放弃。道理很朴实：没有素材，你甚至讲不出最平淡的故事。

网络上常有面试技巧，教大家如何应对各种常见问题：你的优点是什么、缺点是什么。我们知道，优点要往应聘技能上靠，缺点挑无伤大雅的聊。可是，这些技巧，面试官难道不知道吗？能够区分你和其他面试者的，还是"你为什么会有这个优点、那个缺点？""你的自我认知真的是你自己的吗？我如何信任你"。

今天，我的素材储备已经远胜于 6 年前，当我再朝下一段旅程出发，发现要"表达自己，感染他人"，拼的依然是讲好故事的能力。这些能力，看似功夫下在面试上，实际都在平时——面对机会，我是否可以积极争取？面对过程，我是否可以全情投入？争取了，我才有机会说；投入了，我才能说得真实。而一个好的经历本身，只要不失真诚地表达出来，就是好的故事。

★ 案例讨论，答案之外是你真正的价值

我在案例讨论的环节遇到了经典的"先救谁"问题——7 个人困在山洞中等待救援，他们中有退伍军人、律师、小孩、老人、医生、年轻女孩，还有犯罪的孕妇。在时间就是存活机会的严酷条件里，每个面试者的任务是：根据被困人的身份，自行排出救人的顺序，再通过讨论说服其他面试者，得到统一答案，最后由一人代表做陈述发言。

我在拿到这道题时，首先想到的考察动机是：你是否会独立思考，可以思考到什么层面？

比如价值层面。律师被交代为是当地紧缺职业，救人时要不要考虑他的身份？孕妇有罪在身，生命和法律面前谁先行？面临选择，每个人都有自己的原则。

再如逻辑分析层面。如果最后只剩退伍军人和年轻女孩，如果时间来不及救援，在极端压力下，退伍军人会不会以压倒性的体力优势抢夺求生机会？从情感与人性的方向推理，如果将退伍军人留在最后，曾经的经历是否会召唤他的使命感和荣誉感？

其次，我想到的是大局意识。在这个案例讨论的过程中，我们各自排出顺序，在大方向上采取少数服从多数的原则，虽然对于两个角色的顺序，我和一个女生存在争议，小规模讨论了一轮，但最终大家还是愉快地统一了意见。毕竟，在不违背重要原则的前提下，集体讨论还是要看你如何平衡个人利益与集体利益。

坦白说，我们5个面试者当时发挥得都挺好，也对统一后的答案很满意。一年后，我和当时面试我的一个经理聊天，他透露这个案例其实谁也没有标准答案，一般心态的普通人，大概都有大众相对认可的价值观，具备一定的自圆其说的逻辑能力。而当天他对我印象深刻，是因为我临场的两个小举动：一是当其他面试者阐述完观点，我都回应了："嗯，有道理，我记下来。""你的意思是……这样吗？"二是当所有人发言完毕，我先破冰试着总结先前的对话，提醒哪里还有顺序不一致的地方，最后代表发言前，我再次确定我们的最终答案。

因为这两个细节，他投了我一票，理由是："如果我选共事伙伴，我会觉得和这个人在一起更靠谱，因为这个人对别人的发言做了记录，同时EGO（自我）少。"

我至今很感谢案例讨论这个环节，因为它提醒着我，除了完成任务本身，你的行为是证明"你是谁"最有力的证据。

当每个人都在表达自己靠谱、好相处的时候，与他人交互的细节反而能拉开差距：你怎么接收和处理信息，你是否能听进去他人的意见，你有没有表现出全局意识……可能就是一个记录的习惯、一句礼貌的回应、一个承上启下的推动，却能进一步证明你真的靠谱，是一个理想的合作者。

★ 面试也看缘分，感觉对了，一切就都对了

这一条不只是针对新人，但对新人更加重要。就像前文所说，在工作经验还积累不多的"小白"阶段，面试官评估个人能力的依据实在有限，在这种条件下，"感觉"通常是面试官做决策的考虑因素。

我自己就被面试官大方地分享过：你知道吗？我听完你的成长经历就对你有好感了；一般家庭和睦的孩子，成年后内心也更容易积极阳光。

"感觉"这个东西比较玄妙，换个面试官未必就是相同的结果。而关于你是什么样的人，最直接的表现方式就是你的外表和你的气场。在不清楚面试官个人喜好的前提下，外表干净利落，气场愉悦舒展，是新人比较

百搭的安全牌。

《非诚勿扰2》中葛优对要去参加派对的舒淇说：你不需要戴链子，你全身上下最贵重的饰品就是自己。因为这句话，我之后十年的穿衣风格都是"干净利落"型。自信就是我的装饰。

在面试中，干净利落指的是女生不要有太多"大女主的光环"。饰品、妆容、包包，既不要夸张，也不要奢侈；越简约，越不容易出错。你可以先对着镜子检查，"面试官会对我身上的装饰印象深刻，还是我这个人本身"？

男生要尽量远离油腻感。头发该洗，洗；胡子该刮，刮；体味重的朋友可以适当喷一点香水。试想一下，如果一个姑娘选择结伴出行的"驴友"，她会希望和眼前的你共同度过接下来的几天吗？

气场这个东西比较难把握。即便是毕业几年的人，可能也避免不了书本长期熏陶出来的学生气息。通常来说，让你足够特别的，是你在不同话题中呈现出来的不同等级的能量密度。一个小例子：如果你热爱制药行业，在谈到相关产品和领域时，若自然而然地进入两眼放光、说话铿锵有力的状态，面试官肯定也会眼前一亮，被你吸引。

工作几年后，我在诺和内部转岗。那时候，我把第二次面试当成了供需关系的交互，我的价值是否满足岗位需求？谈成了，皆大欢喜；谈不成，也是一次学习的机会。我因此心情放松。

同样的心态，我也主张用在新人面试中，与其让自己陷入竞争与淘汰的压力中，不如把每次面试当作一次见世面、长知识的机会，"原来外企大家都穿成这样""原来面试还会问这些，经验帖里可没有"。当你把自己变成学习者，看到的才不再是竞争，而是"接下来我如何做得更好"。

一个前辈说过："感觉这个东西，是横向比较出来的。"如果你快乐自信、能量满格、谈吐大方，那么与其他对手同场竞技，也肯定会得到更多被"翻牌子"的机会，毕竟谁都喜欢和正能量的人多聊几句。

在诺和的第四轮面试中，我与我的直属经理见了面，他开门见山地告诉我："团队目前虽然只有 17 个人，但每个人都有自己的个性，也能相处融洽，我希望未来我招的人（有可能是你）不会打破这种氛围。"

从这句话开始，他一步步成为我在诺和最敬重的领导，而我所有在职位方向上的努力，也是要向他证明，"当初你没有选错人"。

我慢慢发现，一旦我们上路，我们就不愁没有技能经验的积累，不愁无法投入足够的时间在未来成为专家。而在上路之前，要打实基本功，了解行业，请教前辈，也要珍惜每一个创造故事的机会。

当我们把身边的资源利用到极致，在故事中活成一个真正有趣、有态度的人，我们才有底气走进任何一间屋子，告诉面试官：虽然我是新手，但我值得你的信赖。

4.3　支撑岗位，如何找到身份认同?

　　当我还是职场"小朋友"时，常常听身边同为"小朋友"的同事提起:"现在这个岗位真没意思，别人都在'前线打仗'，我们只能在后方搬搬'粮草'，完全没有存在感，什么时候我才能转岗 (晋升 / 熬出头) 啊? "

　　这感觉我太熟悉了。每个公司都有支撑部门，每个部门都有支撑岗位，这些部门和岗位通常不会直接与客户打交道，不会直接为公司贡献核心 KPI，甚至没有机会接触公司的核心业务，在这样的岗位上说热血与干劲，很难被大家共情。

　　6 年前，我的第一份工作是 IT 部门的助理，在诺和可以算支撑部门中的支撑岗位。对一切轻车熟路之后，我也出现过同样的"症状"，觉得一切不再有意思，工作似乎也越做越没价值。然而，这个灰暗期没过多久就被我亲手打破了，因为我意识到一个现实问题:如果我现在跳槽，能要我的八成还是支撑部门;如果我决定转岗，我得先花时间证明自己可以，而转岗机会是个变数。

既然短期之内还要留在这个岗位，我是振作一点，寻找突破口，还是浑浑噩噩、怨声载道呢？这个选择就像一次机会，让我从那天开始自行调整心态，并用两年时间证明：支撑岗位也可以做得快乐、有意义。

★　每个岗位都有自己的痛点，不能避而不见

支撑岗位羡慕一线岗位，一部分原因是，他们能用直观的业绩证明自己的实力。即使在制药公司的信息技术部门，小组与小组间也存在着微妙的"食物链"差异。

你会发现，每月部门管理层向上级汇报时，系统运维经理（SM）总是面色最沉重的，因为他们的工作性质决定了：系统出了事，他们才体现价值，有价值才能有闪光点。可问题就在于，没有哪个老板愿意听见自家系统总出问题。相比之下，项目经理（PM）就没有这方面的顾虑，他们的价值有更直接的体现方式——成功上线新系统，在发布会上享受灯光与掌声。由此，你可以想象同一支团队里，当 SM 遇到 PM，心情是相当复杂的，这复杂中既有暗戳戳的羡慕，也有时不时的牢骚——明明没少做，为什么我总是费力不讨好？

这感觉我太熟悉了，就像作为小助理的自己，也发过牢骚，也偶尔盯着发布会演讲台的位子幻想：我要是那个站在台上满腔热血汇报业绩的人该多好。

此类幻想后来不再轻易出现，因为我和 SM 们都注意到，PM 的痛

点也赤裸裸地存在着。从收集需求到用户验收，一个 IT 项目的开发至少经历 6 个阶段，每个阶段即使做了最详尽的计划，过程中也有极大的不确定性。我就亲眼看见和我关系很好的 PM 因为提出的技术建议不被 Stakeholder（权益方）买账，每天"压力山大"，加之对方也比较强势，经过半个多月的会议室"撕扯"，人瘦了 5 斤。后来多亏 SM 开导，才不至于自暴自弃，赶不上进度。

每个岗位都有自己真切的痛点，更多的责任，往往也意味着更多的压力。如果我撇去代价只盯着别处的光环看，我一定会被不平衡感逐渐吞噬掉原本的工作热情。

★　跳过职位头衔，我只是提供帮助的人

有一段时间，我也求胜心切地认为：压力大，痛点的价值也更大啊！如果有机会，我还是愿意做些自我认同感高的工作。

这个焦虑当然有比较的成分——我既改变不了公司的岗位设定，也改变不了行业的激励规则（得不到期待的认可），而我总要继续干活，我怎么克服"输在职位起跑线上"这个心理障碍呢？

在诺和的一个好处是，每个角落都有各种各样的培训机会，我不止一次听前辈提到结果导向，"你的价值在于你为客户、患者、公司解决了多少问题"。

我试着理解这句话，心情马上好多了——虽然一线岗位解决的问题更复杂，更能直接影响市场份额，但撇去职位头衔只看工作性质，大家其实都是"乙方"，都是通过不断反思优化现有工作方式，让自己成长，从而提供更优质的服务和解决方案。因此，在任何一项任务面前，我都告诉自己，此时此刻，我只是提供帮助的人。

比如订会议室时，可能要多麻烦几轮其他助理，才能为重要的会议调换到一间够大、够明亮的房间。在打出"麻烦""谢谢"的时候，我让自己放下内心的情绪，只关注于当我的客户坐进这间宽敞明亮的会议室时，他能体验到什么。我想到，或许他的心情会因此愉悦，或是借助明亮的窗景，他突然打开思路，优化了一个当前执行的战略。果然，一次经理会议结束后，我的老板拍拍肩膀告诉我："谢谢你，Sophie。这间屋子的光线太适合晨会了，我以后也需要它！"

那一刻，我被"点燃"了，也建立起自己的评价系统：任何帮助，哪怕再微小，只要被客户需要，都是有意义的。

我承认自己仍有野心，仍渴望有朝一日服务更有意义的目标，但是，眼下的我已不再求胜心切。一个前辈曾说过，"所有的问题到最后都是我们与自己的问题"。这句话对我的影响是：若我连自己的焦虑都搞不定，如何搞定别人的，搞定未来更复杂的问题呢？

★ 自我优化，确保听懂了需求，做到了极致

无趣感的罪魁祸首，恐怕就是感到"这个工作已不能让我继续成长"。

只是，没有太高的复杂度，能让我成长的地方，就完全找不到吗？

当然不是。例如，那时我服务 4 个团队，不清楚各个团队的架构、使命、现状，每个队员的背景、目标、优势，就很难展开"因地制宜"的支撑，而把自己变成对业务、对人的半个专家，要投入极其漫长的工夫。

助理做到第二年，我开始负责项目的费用进度，任务非常简单，在每个节点向供应商打款，数据录进 Excel，随时将进度邮件发给项目负责人。那个时候，我对这项工作的态度已经不是"完成"，而是"如何做得更好"。其间我反复问自己的是：我真的了解对方的需求吗？需求背后，Ta 的最终目标是什么？我如何提供更有针对性的帮助？

我观察到，随时汇报虽然便利，但也没有想看就看来得自主。于是，我在网站上创建了共享文档，将每个项目的付款日期、目前状态、整体费用进度、下次付款时间，按照不同颜色标注，时时更新。一个简单的举措，一来减少了沟通成本，提高了效率；二来也使项目经理更有掌控感，满足了他们的内心需要。

日常工作中，留心点都会发现，能让我们精益求精的任务太多，偶尔看看其他人是如何工作的，往往会带来更大的冲击力。比如，为老板订好出行航班后，我会将行程单打印出来，同时微信一个电子版。而部门的另一个助理，我亲眼看她将香港机场的简易地图打印出来，标好登机口位置，一同附上；她的老板是外国人，每次老板出差，她还会留一个自己的电话给国内司机，确保万无一失。我以为自己细致，但有人做到了极致。那天，仅仅是行程安排这件小事，我就找到了 5 种以上可以做到更好的方案。

但凡一个岗位还能带给你成长，你还能做出成绩，就别轻易下结论。在你没做到极致时，你永远无法知道自己是否真的无感、不爱。

★ 恰当地输出与展示，惠己也想着及人

我还在 IT 时，总监向我们展示了一个鼓励创新的小工具，用一张 Excel 表格记录每个人的创新想法——你的点子是什么，需要哪些团队配合，具体负责人是谁，期限多久，优先级如何，等等。考虑到有些同事更擅长执行，创新者和执行者可以是不同的人，共同合作完成，每年年底根据得分评选"创新之星"。

这个工具因为激励形式新颖，马上被所有人接受。老板谦虚地说，Excel 记录法不是他发明的，是上一家公司的同事发明的，他觉得好，就"引进"过来，不只用来记录创新，对个人待办事项也适用。

我当时觉得，可以将一个工具推行至此，作为发明者也太幸福了吧！从那天起，我脑子里满满都是：我可以吗？我的工作方式值得他人借鉴吗？我的小创新也可以扩大范围，惠及他人吗？

诺和有过这样一场分享会，邀请去过南极的小伙伴们介绍攻略、说说感受。在分享会上，你会看到，即便是去同一个地方，每个旅行者回来都有完全不同的经验分享点，让人耳目一新的同时记住这个人。

我慢慢发现，自我价值感的另一种体现形式，还在于"你能在这个岗

位上留下什么"。

　　我们在职场获取的每一条经验、每一个技巧，如果前置思维，都可以发挥它们更大的效用。"我用Sharepoint收集信息很方便，我猜你们也能用得上。""财务部的PPT模板很专业，我修改了一下，现在适用于市场部，大家可以下载试试。""在IT部门，我们试过不同的解决方案，或许对这个问题有帮助。"

　　如果你受益于某种工作习惯，推崇某种事半功倍的工作技巧，那你完全可以开动脑筋，将它们一一梳理，在恰当的时机输出给更多的同事，甚至传承后生。一旦我们这么尝试，我们的自我价值认同感必定会因为惠己及人而直线上升。

★　　找到优势，让自己无可替代

　　当我还在财务部"打酱油"时，部门老总最常说的一句话就是："我们都是卖药的！"

　　乍一听是句玩笑话，却用幽默的方式提醒我们：大家都是有用的。这句话对我最明显的作用是，在部门大会上，我不再害怕贡献自己的思考，哪怕是给出非专业性的建议。这代表着我有思考，思考多了，我势必会找到自己的角色和定位，比如：不是IT背景出身，但刚好能站在客户的角度，为团队提供公允的反馈。

　　此类参与，我叫它"逃离边缘行动"——当我们在参与中看到自己的独特优势，我们就能找到坐在这里的意义，并且主动出击。

诺和有志愿者协会，通过组织公益活动，向希望小学或者身患特殊疾病的学生群体募捐。我在产假期间为女儿制作了一本图画书，以个人名义在公众号发起捐款，当时志愿者协会的负责人看到后找到我，讨论是否可以授权技术，以公司名义参与，做成公益项目，我马上同意了。

当时我怎么也想不到，自己会因这个项目被那么多人认识，更没想过这件事会被总部的 *People* 杂志报道，成为中国区的励志故事。

助理可以更新换代，但既有热情又有创意的助理很难复制。这是我的优势，带给我巨大的激励。

从助理岗位"毕业"后，我开始筹备创业，其中有很多环节，需要重复收集需求，修改调查问卷，在挨家敲门访谈的午后，一次次把对方从各种话题中拉回正题。在这些环节中，没有说好的热血，没有想象中的激荡，我依然要从基础工作入手，这是在任何领域都躲不开的考验。好在它已成为我的强项，我的内心无比坦然。

4.4 工作愉快来自有所界限

在诺和工作过的人都知道，它有一个著名的"三重底线"原则，即追求社会、经济及环境的三重平衡。刚进公司，我并没有太注意这项原则，工作几年，碰了一些钉子，我才逐渐弄懂底线与原则的分量。作为一家有使命感的企业，始终设立一界，积极守护，才能在竞争激烈的环境中把握方向，持续前行——这是追求卓越的前提。正如同我们每一个平凡人，很多烦恼并不是因为自己不够努力、不够优秀，而是来自边界的失守——

老板的提议，我总是不好意思拒绝，怎么办？

被质疑时，我总会被负面情绪控制，怎么办？

工作大环境变动时，我总是跟着患得患失，怎么办？

若说在诺和的四年修行中，我在慢慢建设着什么，大概就是一种处理以上问题的能力。

★ 老板的提议，我总是不好意思拒绝，怎么办？

突破口：拆分挑战，寻求帮助。

诺和有一套自己的组织架构，细分出医药部、销售部、市场部……因为财务、法律、IT、会计、采购均属于支撑团队，从性质上不好拆分，于是从总部开始就被合并为一个部门，简称 FLITAP。

在 FLITAP 工作时期，我们的领导是财务出身，以严厉著称。我的模板意识——对 PPT 字体、排版的要求，对报告里每个数字的核对——都是在财务部养成的。不过，财务出身的老板对 IT、采购、法律方面的管理自然需要磨合。以我们团队为例，除了解决"如何用老板听得懂的语言介绍 IT？"这个问题。还有另一个更为"致命"的问题：当上级的提议触碰到团队的原则边界时，如何不失分寸地拒绝？

这是很多人的困境。下定决心这一次要守住城池，却因不好意思、张不开口而失败。这时候鼓励说"加油，你有权利拒绝"是没用的。

那如何做到有策略地拒绝呢？答应上级的要求，但也将自己切实的难点如实告知。

举个例子。当时大老板的一个提议是：三个月内将两个已经存在的 IT 平台整合。不是不可以，但这样一来，团队的人手一定会短缺，相同优先级的其他项目必定会搁置。

当然不能直接说："老大，我们人手不够""老大，会耽误其他项目进度"，因为不管你有没有能力完成，大老板的第一反应一定是：你有情绪，你不积极。

那次我目睹我的老板从现有项目的目标、团队人手方面出发，逐级拆分困难点，直至落实到具体每一天的难点。有用吗？当然有用。

其一，相比笼统的一句"有挑战"，大老板因此知道这个任务的真实挑战是什么，进一步判定了决策的必要性和可行性。如果可行，那么自己可以从哪几方面提供帮助（也是我们要人手的好机会）。

其二，大老板通过这些难点，摸清了下属的执行原则和能力边界，再有类似的提议，必会酌情三思。

其三，通过展示难点，我们也间接试探了大老板考量问题的基本原则，摸索出在相似领域，今后"答应"和"拒绝"的度。

那些年，我们与大老板能够顺利磨合，靠的就是这种有战略的拒绝。而当我后期转入市场部，发现相同的策略，也可以用在小伙伴身上。

"亲爱的，我真的很想帮助你，但我目前真实的挑战是 XXX，我也很头疼，这不，我马上就要 XXX。"当然，这只是一个简单的应答场景；重点是，在不失礼貌的表态中，你的立场会展示出来，让同事们了解你的原则和底线，在今后寻求帮助时三思而后行。

★　被质疑时，我总会被负面情绪控制，怎么办？

突破口：跳过自我意识，专注于行动。

讲一个小故事。

在市场部，我的一项工作是促销资料的质量把关，简单说就是确保产品经理在公司系统中的申请、审批，以及印刷、存档、发放、销毁都按照公司的要求。这个"确保"，有系统可以监管的环节，也有系统照顾不到，需要人为监管的地方。而在人为操作上，做到既不漏查，又为产品经理和助理节省精力，一直是我的工作目标。

怀孕 7 个月时，我曾联系合规的同事共同起草了一轮优化方案，内部收集完意见，我们就趁热对市场部的产品经理进行了培训。一周后，我召集各团队的几个助理开小会，落实后续大家要配合和跟进的任务。

其中一个助理默默听完，忍不住拍了桌子："这个促销资料登记表太复杂了，我做不来。""你知道销售部的 XX 曾经禁止我们市场部给他们群发邮件吗？""每申请一笔都要小账本记录，没有谁能做到吧？""你下次能不能先和我们几个老助理商量一下？"

几个问题下来，我也懵了。当天晚上，我带着愤怒把这件事说给我的前任经理听，他立马问我："撇开个人情绪，你觉得他说的有理吗？"

我承认，通过群发邮件收集意见，显然不是高效的方式，更好的做法应该是先找几个有资质的产品经理做访谈。这些改进也在我日后的工作中慢慢体现出来。但是在当时，我想不到这些，我的脑海只被一种声音侵袭：你在质疑我，你看不起我。

这是我们在职场中常遇到的问题：被人质疑，被人挑战，马上进入抵御模式。我们也知道，愤怒没用，但就是管不住自己的情绪。

我后来发现，一切都来自自我意识。很多时候，别人没有恶意，但我们的自我意识会第一时间跳出来，把别人对任务的意见上升到对我们的品质、态度、原则及能力的挑战。自我意识的存在一方面帮助我们认识自己，另一方面也将我们限制在一只玻璃瓶子里，让我们只想着怎么维护自己的尊严，而丧失理性思考的能力。

如何走出这只瓶子？我找到一个好用的方法：行动。

那次"委屈"之后，我告诉自己：你可以保持愤怒，但你必须去行动、去收尾。我找了几位有资质的产品经理，收集了一轮典型问题，又将这些问题随机给到市场部的十个老同事进行验证，最终在很短的时间内掌握了有价值的信息。

当我完成最有挑战性的部分，我发现了两个事实：

其一，我们所维护的尊严，除了我们自己，别人根本不会在意。

其二，为了维护尊严而自我消耗，是十分没有价值的事情。因为面子也好，尊严也罢，都不能解决客观世界里的真实问题，只有行动可以。而在行动中自证能力，是跳出瓶子的有效方式。

明白这两个事实，我将自我意识与行动剥离，具体做法是在消极情绪出现时提醒自己：不用担心，它们只是头脑为了自我保护做出的一种应对措施和"危机公关"，专注于行动就好。这种剥离需要一些时间练习，但不会太久。两三次之后，你就会欣喜地发现，自己面对挑战的态度和格局会有明显的提升，而自我意识会显著缩小。

★ 工作大环境变动时，我总是跟着患得患失，怎么办？

突破口：确定自己能掌控的，然后掌控它。

刚参加工作，我和许多职场新人一样，对万事都抱着好奇的目光，每天都渴望有点儿成长。

这个状态持续到我入职第二年，在对一切轻车熟路后，我渴望进入核心部门，在更前沿的舞台学习和接受挑战。那年正好有一个机会，是给市场部的 VP（副总裁）做助理，我申请了，凭着在 IT 不错的工作态度和能力，也被当时的几个经理合力举荐。我刚刚转到新岗位一个月，总部就突然宣布战略调整，要在华裁员，裁员名单上，就有我之前的岗位。

当时我的第一反应是：太惊险了！晋升与下岗就是一步之遥，我亲眼看到平日里朝夕相处的同事和敬重的前辈摘下工牌，收拾箱子，或遗憾或怨念地离开。因为太过真实，又太过戏剧，那次裁员对我的冲击影响至今，其中就包括我想明白的一个道理——我们只能做好自己能掌控的部分。

我有过对跨国企业办事效率的怨念，比如一个系统页面的改进，也要各种开会，层层汇报、审批，等到预算下来，没有几个月也有好几十天，耽误了精力，也影响了用户体验。

我也有过对跨部门合作同事的工作能力的质疑，明明是我们做得更多，嘉奖却落在别人身上，老板当真拎不清吗？

我花了两年时间才明白，公司的大环境，老板的心思，并不是靠个人就可以轻易改变的。就像总部战略调整时，我们都是站在会议室外等待命运降临的小孩。经历过主动争取机会，我至少将现有工作划分出两个区域：我能掌控的和我暂时还不能掌控的。然后让自己巩固前者，把后者当作目标。

我无法改变公司的办事效率，但现在我可以选择不再抱怨，将节省的精力用来重申几遍优化的方案，确保万无一失，一次通过。我不能左右老板的心思，但可以在下次汇报工作时，详细列出双方的工作安排、完成情况，让业绩一目了然。

一个被裁员的销售姐姐对我说："抱怨没用，我控制不了公司的决定，但我能控制自己，长期保持在一个有市场竞争力的状态。"我听后备受鼓舞。如果外部环境变动，自己的心智又不足以识别出能够发力的地方，才是莫大的悲哀。

所以，与其为不能掌控的区域所忧，不如趁早调转视线，在自己可控的区域内努力，比如持续投资你的长处。当某一日你所擅长的超过业内平均水平，说不定环境也会因你改变它既有的规则。

回想自己的新人时期，满满是撸起袖子就干的劲头，对领导的要求一律满足，对同事的忙不分昼夜地帮，被人挑战就动不动跳脚，任何不公允、不高效，都要拿出来念一念、忧一忧。这个状态，不能算错，相反，是它让我一路走到今天，成为一个善良、纯粹、肯努力的人。

只是，当市场竞争日渐激烈，任务越来越多，挑战也越来越多的时候，一味埋头努力，并不是最智慧的职场生存方式。我们需要建立一些边界，避免自己负重前行，这些边界包括：

对老板：学会有策略地拒绝，可以将自己的困境拆解到每一天、每一个小时，让对方摸清你的原则，你也同时摸清对方的原则。

对负面情绪：被质疑时，区别对待自己的情绪和行动，接纳自己的负面情绪，同时明白情绪改变不了局面，但行动可以。

对大环境：面对环境变化，尝试了解哪些自己可以争取，哪些暂时不能争取，巩固前者，影响后者。

在职场上，我们努力提升自己，不只是为了一份薪酬，也是为了更有效率地生活。而掌握效率除了开源，更在节流，即构建并守护好自己的边界。

4.5　有效学习的三种思维转换

　　前几年开始流行一个词，叫终身学习（lifelong learning），字面含义颇有"活到老，学到老"的意味。我接触了一些终身学习者，也发现，但凡将学习视为一生追求的人，都会用一种"发展的心态"来看待学习这件事。他们认为学习能力并非一成不变，而是可以随着成长不断培养和增强的。

　　用这个发现反观自己，虽然算不上"金字塔尖"的顶级学霸，但学习在我的印象中并不算多苦的差事。寻味起来，中间肯定有够得到的方法。那么，让我试着分享三种有意思的思维转换，或许你也能发现，辛苦与轻松、粗浅与深度之间，到底隔着什么。

★　思维转换一：从招式学习到追问本质

　　什么是招式学习？会背 1+1=2。

　　什么是追问本质？知道 1+1=2，并且可以成功推演出 10+10=20。

　　高二之前，我是只会背 1+1=2 的小孩，并不懂叠加的逻辑。那时的学习安全感主要来自刷题，因为勤奋加记忆力好，我的成绩一直不差。

然而，小步紧捯堆砌起来的自信，就怕赶上大风大浪。高二的一次物理随堂测验，老师临时采用黄冈的考题，我的成绩迅速掉到班级后 10 名。卷子发下来的时候，我当场丢脸地哭了一鼻子，然后反思，刷题这条路不能再走了。一来，虽然你可以保证做过的题不失分，但你总会遇到新的题型；二来，题海无涯，看不到彼岸，过程难免伴生痛苦。

每天苦哈哈地没少学，末了还要"看天吃饭"，这笔账不划算。高二下学期，当我接触到物理的简谐运动，我意外发现了另一种学习方法，虽然这个转型的过程给我造成过不小的痛苦。

什么是简谐运动？简单回顾一下：一根弹簧，一端固定小钢球，一端固定在天花板，小球上下运动。公式是 $F=-kx$。其中的"$-$"简直是当年的噩梦，我就是搞不懂它的意义。

因为捉摸不透，我试过远离人群，创造环境独自思考；试过向人请教，回来自我消化。如此崩溃了一个星期后，当我终于在物理意义和数学意义中完全理解了"$-$"指代的方向，那种志得意满的快感，我到今天还记得。

那是我头一次发现，公式理解了，概念吃透了，心情原来可以这么舒畅，头脑原来可以这么清爽！而这种体验像一次分野，让我从题海中跳出来，开始关注追问问题本质。

我假设，所有的题型都是概念的外化，考察我们对原理不同侧面的理解，那么基于这个假设，在遇到难题时，我会让自己思考：为什么这么做？

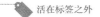

这个答案怎么来的？而不是：这道题怎么做？答案是多少？

这种从"是什么"到"为什么"的思维转换，背后的道理是：只有理解了问题和概念的本质，我们才能有"学明白"的体验。只有掌握了解题思路，我们才有能力将分散的知识点串联起来，形成体系，看清全局，并以此为根本，化解更多千变万化的招式。

当年"实验"的结果，在解决了课本 90% 的"为什么"以后，我的成绩开始回升，到了高三，几乎不用怎么刷题，也能维持在班里前三。而适应了这种学习方法后，高三我心血来潮挑战起难题，在难题中逼自己走出已有的思维舒适区，锻炼更高阶的思考能力，解决更复杂的问题。当然这是后话。

回到透过知识散点探求问题本质的学习方法，其实不只是校园学习。举两个例子。

我开始学车是在 2017 年年底。考过驾照的小伙伴估计都有体会，笔试、路考过了，不代表咱就能上路了。为什么？因为教练教我们的不是如何"开车"，而是"如何借反光镜、车门、地面标识，把车开进特定的位置，通过考试"。

备考科目二时，我就遇过一个女学员，她在侧方停车时发现反光镜并没有向下调整，又不知道怎么在反光镜的初始状态下驱车，情急之下踩下刹车，成绩作废，当场大哭。那场考试，我能一次性通过，很大的幸运是提前做了准备，向教练请教了"如果错过了某个定点，怎么打方向盘进行补救"。

即便目的不同，若只掌握技术方法，不熟悉背后的操作原理，一旦赶上突发情况，很容易困在原地，前功尽弃。

再比如，升级为妈妈，我差点迷失在浩瀚的知识点中。2018 年将一岁多的女儿带到新西兰，我发现女儿突然出现语言发育倒退的情况，有两周她不会主动表达自己的需求，而是在我们的引导下才肯张口说话。就在我不知怎么处理，想要找到一些短、平、快的方法求救时，多年养成的思考习惯及时跳了出来，让我在互联网上输入了我认为更有用的提问方式：如何判断双语儿童的语言发育是否正常？

美国应用语言中心（Center for Applied Linguistics）的研究表明："在语言发展的主要阶段中，多语儿童和单语儿童语言发展的时间是相似的。"而更多的科学研究表明，儿童出现语言延缓的状态可能只是由于"沉默期"的存在，在这段时期，孩子需要去思索如何整合两种语言表达自己的诉求，这是在多语种环境中发展语言的必经阶段。年龄越小，沉默期可能越长。一旦突破这个阶段，孩子的语言就会有显著的提高。弄明白这个问题后，作为母亲，我完全没有因此焦虑，从而过度干预。

事实上，从课本到生活，每一个领域都有成百上千的方法和知识点，如何从这些方法追溯到本质，从战术勤奋过渡到战略勤奋，是渴望效率的学习者都要经历的转型。

★ 思维转换二：从积累式学习到目标式学习

积累式学习，顾名思义，就是以储备知识为目的的学习。这种学习方法从结果来看，因为容易事后遗忘，所以并不高质。不信？有谁还记得左手螺旋法则大拇指所代表的意义？

这种学习方法，却是我大三之前一直惯用的。比较惨的一次经历是，大学时修学分，想着学一门德语很酷，我就报了名。与语法"吭哧"的时候，又忽然觉得，我大概率是用不到德语的啊！两周之后匆忙改成计算机。

我们大部分人的学习方法都是撒网式学习，这也要学，那也要会。然而，不知道学某些知识能做什么，也看不见知识与实际生活的关联，学习就变成了一种消耗，学到的知识因为无处安放，就变成"知识垃圾"，被丢弃在角落。

但若我们换个模式，如果是目标驱动下的学习，体验会不会好一点呢？

在奥克兰大学读第三年的时候，有一门课叫作 Food Product Development（食品研发）。这门课很有趣，上课第一天，教授就开门见山告诉我们："你们结课时要以小组为单位成立公司，研发上市一款新产品，这个产品长成什么样，目标群体是什么，完全由你们决定。"

当天晚上，我与住得近的两个同学临时成立了小组，起名 Bump Up Food Ltd。随后的一周，我们出去市场调研，发现在新西兰，有不少家庭由于收入低，并不能给孩子提供符合其年龄段营养需求的早餐，而这些儿童的数量还在逐年增长。

深夜，三个女生想来想去，决定放弃创新产品这个方向，达成这样的共识：食物本是为人们服务的，推陈出新、锦上添花固然好，但若基本的果腹与营养问题都没解决，前者就显得不那么重要了。

这门课上，我们最终设计的产品是针对困难儿童的南瓜红薯面包，产品的创新分不高，但从加工、包装、定价、保鲜等细节来看，都设计得十分合情合理。

为什么要说这个故事？当然不只是少年情怀，而是因为它的课程设计，让我从积累式学习跨越到了目标式学习。而目标式学习的根本，就是以终为始的思维。

终：我要产出什么成果？解决什么问题？

始：我要学习什么知识？学到多深多细？

在一开始，让前者指导后者。

以这门课为例。我们要解决困难儿童的健康问题，那么"低价、营养"就是新产品的两个目标。有了这个清晰的方向，我们就可以安排好听课重点，比如，在原材料的加工、包装和保鲜等技术领域投入更多心力，在保证食物营养的基础上，实现总成本最低。

这么做，背后的道理很简单：预设好一个目标，让它驱动你的行为，如此，在学习的过程中，我们才能保持敏感，懂得如何正确分辨知识，最终实现对知识的调动；看得见目标与投入的对应关系，知道每一个输入都能产生有价值的输出，我们才能在过程中找到学以致用的效率感，从而加速我们对知识的吸收。

这种目标式思维，我在工作后依然"不离不弃"。

公司安排 PPT 和商务写作培训，头一天晚上，我一定乖乖整理出自己的知识痛点，必要时找一个近期做过的片子、写过的邮件为例，将问题记录下来。比如，在 PPT 上如何组织图片和文字更能突出重点？在邮件里什么情况下适合开门见山，什么情况下适合婉转迂回？

公司的每场培训基本都在 3 个小时以上，吸收所有知识点对精力是个不小的挑战。若在每次开会前都给自己预设一个学习目标，带着一次解决一个痛点的心态吸收知识，那么因为针对性和专注度，效率从来不会低。

至于这个方法适不适用于应对应试教育的小朋友，答案也是肯定的。你可能尚不清楚自己未来要做什么，尚不具备对热爱领域的洞察，但是，无论未来你选择什么领域、什么专业，逻辑思维、提炼总结、分析表达……这些能力总是逃不开的。而针对这些技能，每一门文化课，都提供了分类练习的场地。

现在，一些创新式学校开展了"项目制学习"，其实也有相同的意义。如果知识的价值在于解决问题，那么用最简单直观的项目就能让孩子们看到学习的产出，让学过的知识在每一次运用中深化。

★ 思维转换三：从外力驱使到内力驱动

然而，有目标的学习针对性虽高，但也会面临这样一个瓶颈：我解决了这么多的问题，最终的目的又是什么？这个瓶颈内含的困惑是：我如何找到并长期维持学习的动力？首先，这个动力，一定不来自外部。

受优胜劣汰的制度影响，我自己的学习生涯，目标几乎都建立在外部，拿下一场考试，跑赢一次别人，这些目标帮助我取得过许多阶段性的成果，证明了自己的能力，却无法让我对"为了赢而赢"的学习过程产生长久的、自主的热情和专注。

例如初中每一次月考结束，我都会陷入一段"低迷期"，具体表现为没有目标，对任何事都提不起兴趣，每天懒懒散散度日。直到下一场考试来临，我才重新找回一点学习的动力。

这种靠外在刺激驱动的学习，在我 25 岁之后就没再发生了，因为我发现，能够鼓舞人心、带来持续心流体验的学习，一定是自己的内生目标在掌舵。有了这个目标，我们才会在学习过程中体验到由内而生的饱满，更容易沉浸其中，并在生活中充满动力。

我是怎么找到这个内生目标，让它来驱动我的日常学习的呢？

★打开"雷达"，多观察、多反思

我们在本书第 2 章已经探讨过，由于未知自我的存在，找到一个具体热爱的事业并不容易（我们也无须受限其中），但以核心价值观为指引，找到阶段性的兴趣和爱好，从中提炼出一个有关热爱的特质却是相对容易的。这个特质，会提示我们进一步找到内生目标。

以我自己为例。大三时上的产品研发课，让我忽然意识到：自己对"创

造"这件事，一直有极大的热情。

在这之前，我写作，也绘画。我以为我只是单纯地对写作和绘画两件事感兴趣，但是，我内心更大的热爱，其实是从无到有这一生成的过程。生成不拘泥于形式，就像除了写作、绘画、做饭，我还喜欢泡实验室，亲手完成一个课题、研发一个产品、发起一个项目。

提炼出"创造"这个关键词后，我第一次给自己设立了未来职业发展的终极方向——创业。虽然彼时还未想好具体的行业，但内心的光已经在慢慢照亮我接下去的路。

★ 让内生目标引领日常学习

因为怀有创业这个理想，在诺和诺德的最后一年，除了本职工作，我也会悄悄留意老板的每个决定，暗地里思考这个决定背后的经营思路。

在大面上，我花时间观察行业趋势，思索在国内的竞争环境中，一家世界 500 强公司怎样采取战略保持稳高不下的市场占有率；在小面上，我不放过公司的内部培训机会，每逢与创新和管理相关的培训，我都主动向老板提出申请。

如此两年，2017 年 10 月，我辞职选择教育创业。由于过去不间断的针对性学习，从什么角度切入问题，创新者都具备什么素质，如何快速捕捉核心信息……无一例外都成为我的武器，助我在新的战场持续精进。

当学习驱动力从外转向内，也就意味着，我们从此可以为学习这件事做主。只要自我认知不停，内在的驱动力就不会消失，学习就可以发生在生活与职场的任何角落，成为终身的事业。

你也会拥抱学习者的幸福：无论你学什么，你总是清楚自己为何而学。

★ 尾声

回到开头，为什么说以上三种思维切换有意思呢？因为它们刚好发生在我的高中、大学，以及工作的前三年。这让我意识到，参考时间轴，我所切换的其实并不单纯是学习方法本身，而是——视野。

和你，和我，和大多数人一样，面对学习，我们都走在一条"自下而上"的路径上——

最开始，我们看不清全局，只能在局部进行优化。所以，将每个知识点背后的概念模型、底层逻辑打通，帮助我奠定了学习最初的畅快感。

随着图卷徐徐展开，我们将余下的拼图归位，发现每一块拼图都自有用途，每一块拼图都并非一无是处，于是我们知道，真正有价值的学习，是将知识转化为生产，解决生活中的实际问题。价值感因此升级。

然而，这些依然不是我们学习的终极动力。我们最终的动力，是在人生这幅拼图上，解决"我是谁？我要去哪儿？"这个终极问题。当我看到这一层，学习的过程就变成了认识自我的过程，学习本身就成了一项持久的能力。

而这三个思维的转换过程，因为目标越来越清晰，方法越来越精炼，

也让我成为一个可以在学习上"偷懒"的人。

拓宽视野需要以时间为代价。我自觉幸运，可以逆流而上，掌握一些有效学习的基础思维。而我们的下一代，若能顺流而下，以挖掘热爱的特质为出发点，通过阶段性目标的制订，对知识保持一种敏感，应该比今天的我们还要更幸福一些。

4.6　我见过真正的终身学习者

这个人，就是我的爸爸。

"60后"，57岁依然维持183cm的挺拔身姿和俊朗的面容。据妈妈透露，在他们读书的时代，我爸是学校里名副其实的"男神"。

这点我倒不怀疑，毕竟琴、棋、书、画都掌握一点的男生，总是引人注目的。然而，做了他30年的女儿，被我爸"圈粉"的最主要原因，倒不是以上种种，而是——他是我目前为止，见过最会学习、最渴望学习的"男同学"。

那么，让我讲讲爸爸这方面的故事。

我爸从小喜爱读书，挺有天分。因为家庭条件有限，他没参加过统一高考，高中全凭自学，后来报名上了成人大学。尽管如此，他对中学到大学的全部知识都谙熟于心，并且对我的学习水平有精准的估计。

我读书的时候，课外班和补习班还没有今天这么火爆。那时候流行家教，通常是请名校退休教师来家里进行一对一的辅导，按小时付费。

我在初三前，都没有动过补习的念头，因为我爸就是"一本行走的数理化教材"，随便一个问题，他草草过一遍公式，就可以讲得明明白白。

我唯一一次家教体验，是在 15 岁生日这天。姥爷曾打电话说他认识一位北京四中的退休化学老师，问我有没有辅导需要。我当时没这个意向，但内心深处有隐隐的好奇：家教啊！会教我什么呢？怎么教我呢？

不久之后，我很"争气"地把化学考出了 67 分。面对这个成绩，我爸一张帅气的脸也憋得有点儿难看，"不然给你试试吧"。

生日那天，家教到访。我乖乖地呈上试卷，2 个小时，老师对着试卷一道一道地讲错题，时间很快就过去了。老师临走时，我爸爽快地付了 400 元钱，并且亲自开车送他回家。

那是我第一次体验家教，然而也是最后一次。我爸送人回来后说，他在旁边都听了，家教没什么神秘的，我的学习问题也没那么复杂，接下来，他给我补习就好。

我还在纳闷，晚上姥爷就来了电话，家教老师是他的校友，回来后直言不讳，"你这女婿太厉害，小孩的学习问题，他早就了解，请我来也是从专业角度作证他的见解，有他辅导，我可以不用再去了"。

20 年过去，将知识始终保存在触手可及的地方，随时将其"变现"，随时传道解惑，这样的人，我真的只见过他一个。

而 2003 年的那 400 元钱，也是我读书时期唯——笔花在补习上的钱。

我曾经目睹我爸用 3 页草稿纸帮我解答黄冈试卷的几何证明题，我当场露怯，辅助线还可以画得这么有想象力、这么漂亮！

后来有一次，我爸去参加初中同学聚会，拿回一张硫酸纸卷子，纸面干净，字迹工整。我问妈妈这是什么，她私下对我说：是你爸的数学作业，班主任保存了 30 年，今天才物归原主。

那个时期，我身在重点中学，也见过不少优等生，听班主任念过自己带出的学生多么出色，但是将学生的作业保存 30 年，还是储存条件并不好的时代，这让我有点震惊。

我当时想："要是和我爸做同学，压力可不小吧？"谁想到，2009 年，我和爸爸倒真的做起了同学。

那年全家搬去新西兰，我读大学需要雅思成绩，爸爸面对英文环境需要掌握语言。商量下来，我俩选在了同一所学校。

这种父女一起上学的日子，余生应该很难再有，说来都是难得的回忆——

每天早上迎着朝霞从家出发，车子在路上的 1 个小时里听听广播、聊聊新闻；

午休时相约拎着妈妈准备的饭盒到中心食堂吃午饭，和同学们聊天

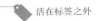

打趣;

课间一起去图书馆借书、还书，时间还早就找个角落，研究研究语法，练练口语;

下午相约在大堂相伴回家，如果运气好，走到 Upper Queen Street 大桥刚好能看到我们最喜欢的黄昏景色。

那段日子，我在雅思班，爸爸在初级班。他的语法非常厉害，但口语和听力很差。这也是中国学生的普遍问题——缺少交流的环境。在这方面，我是他的老师，每天陪说陪听。

坦白说，我爸的口语起跑线在哪里，我非常清楚。两年后，他凭借自己的口语成功面试到了当地公司的高级工程师职位；又过了一年，他辞职换工作，据说是多年来德国老板唯一试图挽留过的华人员工。我再次被他震惊。

怎么说呢？当这种从 0 到 1 的突破真的发生在一个当时已经 47 岁的中年人的身上，你会觉得拿年龄论学习这件事，真是扯淡。

★

我爸在 47 岁才开始掌握英语，我以为这是他学习的最后一个"春天"，然而，远远不是。

在我离开语言学校之后，我妈在我爸的鼓励下也开始学英文，夫妻俩同班同桌，学习交友，互相督促，如此一年。

毕业后，我先走一步，回国发展。隔三岔五与妈妈的视频中，我得知爸爸将原来的全职工作调整成了兼职，剩下的时间全部用来学习。他要考Marine Engineering（海洋工程学）专业。

52 岁，爸爸果真回归校园。他在当地一所大学的海洋工程学专业报了名，这一专业我也是事后才了解。我爸作为少数的华人学生之一被录取。在全英文的课业环境里，他最终以综合排名第一的成绩毕业。

53 岁，爸爸没有停止脚步，又在工作之余学起电力工程，准备拿一个当地的电工证。他的想法是，要有一技之长，尤其是在这个务实的环境里，你会哪门技术、有没有执照、有过几年实践经验尤其重要。成为注册电工，也是为自己将来开公司铺路。于是每个周一，他白天上班，晚上上课，乐此不疲。

55 岁，得知我们一家要回新西兰，这个"男同学"又坐不住了。他琢磨了一阵子，冒出一个想法："我造个房子大家住吧！"之后，他在海边买了一块地。造房子不是小事，大到木材用料，小到电线、螺丝钉，都是学问，都有陷阱，他没经验，很可能被坑。然而，8 个月的时间里，他组好队，亲力亲为，盖成了整条街上最通透的房子。

这一年，他 57 岁。

★

爸爸是如何学习的？又因为什么能持久地学下去？作为观察者，我总结出一些重点用以分享。

★ 建立自己的知识体系

在不查资料的前提下，从容应对我四面八方的知识"偷袭"，每次都能用生活中的例子给我讲解清楚，没有自己的一套知识体系，太难做到了。事实上，这也是我爸的学习秘诀。

我在高二前是"物理盲"，在我看来，物理和数学没什么区别，就是背公式、背题型，所以学到的知识也是零零散散的，看不清知识与知识之间的关系。

我爸作为我的"顾问"，经常被我时不时地骚扰："弹力和洛伦兹力有什么区别？""为什么有向心力没有离心力？""物质三态的转化有力参与吗？"

我还记得某个周末，我爸忽然敲开我的房门，手拿一张白纸、一支笔，问："有时间吗？我跟你说说。"我点头。于是，父女俩在书桌前并肩坐下，他"唰唰"在白纸上写了三个大字"物理学"。

"什么是物理？我们做个小实验吧。""学霸"事先准备一个橙子，"如果在平面上，橙子不会动"。如果是斜面呢，爸爸用书搭出一个斜坡，橙子快速滚下来。"你看，场景不同，物质的运动方式就不同。从这个角度说，物理的一个核心，就是研究物质的运动规律。"

那个下午，矮到桌子腿，高到电灯泡，书房被我们"用"到极致。"学霸"边讲边在白纸上书写，结束的时候，纸面上清晰排布着物理学的四大核心领域。据他说，我的每一个困惑都可以层层深入，在不同的细分领域中找到答案。那是我第一次有了对知识的方向感，也是我第一次开悟：物理到底是做什么的。

而让我印象最深的是，整个绘图的过程，爸爸甚至没翻过一页书。

仔细想想，我爸指导我学习的那几年，几乎很少抱着题目本身讲，而是讲解一道题考察了什么核心问题，怎么拆解核心问题，涉及的知识点在相关领域中是什么位置，与其他知识点的关系在哪里。

抓本质，找关联，理逻辑，做延伸。爸爸的学习重点从不在知识本身，而是如何一步一步建立起自己的知识脉络。

★ 学会做知识迁移

我爸年轻时是高级工程师，但领域在机械设计，如何从无到有造一间房子，外形怎么设计，政府审批什么流程，怎么选材料，怎么安排水工、木工、电工、瓦工、油漆工的进场和衔接……放眼看去，全是新的问题。

但他还是一头"栽"了进去。他在生活中时常实践知识的迁移，在他看来，自己盖房看似一堆学问，但拆开揉碎后不过两方面：技术和管理。

怎么布线，出水口在哪里开，木板怎么选，保温棉需要多少……这些是技术问题。

水工、木工、电工、瓦工谁先进场，时间怎么衔接不耽误工期……这些是管理问题。

对于技术问题，我爸坦白，他也不是什么都会，但作为检验手段，各领域的底层逻辑是相通的。比如电路布线，这是专业领域，他没学过，但没关系，用电压表测试每段电路的有效性就能帮助他完成工程检测，看出哪里出了问题，哪里存在隐患；木材怎么选、选什么规格，他不是专业人士，但研究一圈图纸、勘测一遍地势，他就知道哪里可以省料、哪里必定废料。这些解题思路，都是从过去机械设计的经验中来的。

这里有两个有趣的小故事。

一个是电工刚进场时，有工人为了省事，在布线时做了手脚，然而，我爸检查时亲自在线路板上指出来：你的红线和黄线接反了。吓得"小朋友"直接喊："原来您是专家啊！"潜台词：我好好跟您干活！

另外一个是做花园地板。老板坚持因为地势问题，做不了直角。我爸摇摇头："怎么做不了？""换种方式，往里裁 5 毫米，取个角度就行了。"说着自己拿锯亲自打样。老板看后心服口服，从那以后，任何技术问题都找他商量。

至于管理问题，我爸也不擅长，于是花点钱聘请监理，一边观察一边学习一边问问题，这也来自他年轻时做学徒积累的两个经验：①求教前辈永远是最快的学习路径；②追根求源才能洞悉某个角色不可或缺的根本原因。比如，监理不只要时间管理出色，还要有人脉管理的能力，了解到这一点，他也可以在短时间内学成专家。果然，当房屋落成，他的第一句话是："下一套房，我就可以自己来了。"

我没有见过爸爸抵触新领域，正是因为他拥有迁移过往知识的能力。

而"提前做好功课，了解一个领域的本质问题、底层逻辑能否和另一个领域相通，迁移的空间是否足够"也正在成为我判断事情该不该做、能不能成的重要考量。

★紧密连接知识与生活

初中学习物态变化时，我总是记不住汽化、凝华，吸热、放热、于是我爸把我拉到客厅。当时妈妈在沙发上吃冰棍，我爸借她为例，"你看，你妈正在吃冰棍，冰棍放在嘴里，吸收热量就变成水，这个过程就是溶化"。

我妈一个眼神，他"忍辱负重"接着说："水呢，在肚子里继续吸热。如果你妈现在放个屁，这个过程就叫汽化！"

"那另外一部分没出来的气可以变成大便"，我捧着肚子继续。我爸说："没错，这就是凝华！"

我妈坐不住了："没完了是吧？你们爷俩！"

那次之后，我但凡遇到吸热、放热的题，就会想到我妈吃冰棍的例子，没有在这类问题上出过一次错。

我爸热爱学习，但从不死板，他是那种随时做好准备，将知识"变现"到生活里的人。我曾经用洗碗海绵清理铝合金门窗的缝隙，因为太大，用得别别扭扭。我爸拿过来，顺手用壁纸刀在海绵一侧划上两道，再去试试，太贴合、太好用了。

"别把知识用死。"同样地，在实践中反刍知识，才能对知识有更好的理解。我爸经常说："学习不是一朝一夕的事儿，你以为学懂的知识，未必真的懂。"

我也是大学之后才理解这句话。举个例子，我们在课堂上学习 ITPM（流程模型），有几个阶段，步骤都是什么，毕业后大概率是记不住的。但若给你一个项目，"你来掌舵，交付期 1 个月"。这个结果会怎么样呢？

你会上网快速查一圈资料，知道世界上有 ITPM 这个东西，它详细介绍了开始一个 IT 项目第一步做什么，第二步做什么……于是你学习起来，这个时候，你已经从被动学习转换成了主动学习。人一旦开启主动学习模式，吸收率会有惊人的提高。

从知识的输入到知识的实践，然后重新回到对知识的再认识、再梳理，完整地走完这一圈，我们才会真正对所学形成自己的认知和理解，这时候人才会有真正学懂、吃透的感觉。我在前文中提到"从积累式学习到目标式学习转换"，也是受了我爸的影响，即结合实践学习知识，知识才能加速内化成我们的智慧，真正产生长远的价值。

★ 对知识保持好奇

我曾经采访他："50 多岁的人了，还不放过自己，回归校园，挑战未知，图什么？"他说："因为不懂的还太多，所以要学啊。"

这个回答出乎我的意料，一点儿不"高大上"，既没有谈情怀，也没有谈理想，却道出了最基础的道理：对知识保持好奇。

年轻小工遇到复杂问题一上来就找爸爸帮忙，他从不推辞，但也建议，

"你们先自己研究，进行不下去再来找我"，或是"先找出关键问题并解决的人，我会传授一个经验"。听上去似乎是偷懒，但背后的用意是，为了换取经验，他们必须亲力亲为，自主思考，在思考中看清自己的局限，主动建立对知识的好奇心，以促发接下来的连续学习。

在不经意中，爸爸向年轻人透露了学习的奥秘：对知识保持一份好奇。正是因为好奇心这个宝物，爸爸走进哪个领域，都能从 0 开始，一步步成为专家。

这就是学习的发生，有兴趣、有方法，甚至不需要很高的智商。

今年 3 月，我偶然发现爸爸在研究新西兰房产，不是他喜欢的国际新闻和国内政事。他告诉我，自己不是在研究房子，是在研究趋势。我把从信箱里刚刚取出的毕业证书递给他。我不知道房产的趋势如何，但我却知道眼前这个男同学——

他今年 57 岁，凭借对学习的热情，他依然保有内心的火焰，依然还是少年。

5

连接

生命中的那些重要关系

5.1 我不是生来乐观，只是选择了乐观

2016 年我大着肚子参加公司的一场育儿讲座。讲座中聊到了原生家庭的影响，有个同事起身说："我就有童年阴影，现在也没有彻底走出来，以至于我有了孩子的第一件事就是避免将同样的阴影带给他。"

如何摆脱原生家庭的负面影响，当这个问题不可避免地摆在眼前，当我也在这条路上徘徊过又走出过，我终于有自信说出：我们不一定生来乐观，但可以在后天选择乐观。

★ 光与影向来同在

我有一对非常开明的爹妈。大概上小学时，别人家的女孩被父母报名各种艺术班，音乐、舞蹈、绘画，我妈妈也来问我："你喜欢什么？"我当时觉得自己在运动上有优势，于是提出想报名去校队。我妈的意见是："这个选择不错，女孩不一定就舞文弄墨，搞一点体育也有助于突破性别局限。"于是，我欢天喜地地加入了跨栏组，每天大汗淋漓地迎着夕阳回家。

从小，我的男孩子个性就获得了他们的尊重。当我 16 岁时读到王朔写给女儿的那句"内心强大到混蛋比什么都重要"，我多少因为有这样一对支持我的爹妈而由衷感激。

然而，爱是一把双刃剑。我以为自己没有受过原生家庭的负面影响，仅仅只是因为那些美好的影响更加突出。

我高考那届，全国实施先填志愿后考试的政策。那时我是标准的"文艺少年"，从高二起就对种满樱花树的武汉大学心驰神往。在我的志向里，既有环境诗意的校园又是有名气的学府，一定是我大学志愿的首选。我爸对此没有什么意见，我妈表示反对："留在北京吧，这样也方便回家，我们也能随时照顾你。"

后来我尊重了我妈的意见，填报了北京的"211"和"985"院校。只是，高考分数线公布的那一天，我默默哭了一整天，我的成绩完全够得上武汉大学，我却放弃了。那也是我第一次在心里画出一道防线。

我忽然发现，从小到大，我妈确实给我做选择的权利，但那只是在一定的范围内。在她看重的领域，她有着极强的控制欲，心态甚至称不上乐观积极。

比如，她从不干涉我的穿衣风格，却要求我必须每天在什么时间吃什么水果、什么时间喝水。如果我"不幸"忘记吃，她会不分时段地叫停我手中的作业，跟我谈论一个晚上，悉数列举缺少维生素可能导致的各种疾病，"你看，你脖子上起了一个包，得去查查，看着像瘤子"。（遇到健康问题习惯性地往消极方面想。）

而如果我乖乖照做，我妈依然不能满足。"你看现在的女孩子，谁不是清晨一杯果蔬汁。"（你做好这些也没什么值得鼓励。）

一方面，我确实因为我妈的事无巨细保持健康的身体状况，另一方面，长期生活在被管控、被审视的状态中，也让我的个人空间基本丧失，经常陷入"我还不够独立，不能照顾好自己""我做什么都达不到满意值"的自我怀疑和焦虑中。

我曾经以为自己是最幸运的人。但在特定的事件上，这些负面影响早就写在了我的行为和观念里，就像我放弃武汉大学，当时闪过的念想是，"或许我真的还不够独立呢"。

★　再微小的痛苦也是真实而确定的

我听过不少朋友、同事来自原生家庭的"缺口"是"如果我不够优秀，我就不值得被爱"，我也听过更为严重的故事，被父母威胁、恐吓、道德绑架……相比之下，我得到了父母那么多的爱，仅仅是压缩了一些个人空间，偶尔陷入负能量的状态里，未免有点无病呻吟了。

但是，我很清楚，这些焦虑并不会因为对比别人更大的磨难而减轻。当你习惯了只要在家里，你就不再是你自己，上个厕所门也会被随时拉开受教育的耻感；当你成年后想为全家做一餐美味，从四点开始备菜、炒菜、熬汤、焖饭，身后门被推开，第一句还是抱怨："怎么做得这么慢？你爸都下班了！"这样的画面出现 100 次，比愤怒、委屈更严重的，是你已经猜到自己会被如此评价，却自我安慰一句"没关系"的隐忍和习惯。

所以，我正视自己的不舒服，无关社会大样本的好坏深浅。在每个具体的生活情境中，这些伤害都真实地存在，我实实在在地被它们困扰过。

★ 面对创伤，留在原地会加深伤害

在我后来听到的关于原生家庭的故事里，一生难以摆脱的烙印感是受伤者普遍的痛苦。"生长在恶劣环境里，我们的宿命就已注定，怎么努力也逃脱不了。"我的一个朋友跟我说过，与先生吵架时，感觉不是一个人在吵，是背负着整个原生家庭在与他吵，很累却也无能为力。

我也在这条路的入口徘徊过，然而最终没有走进去。我分析过原因，早年父母呵护我的男孩子性格，已让我在不知不觉中生长出另一个自我，那是个性中离经叛道的底色——如果我不满意环境，与其抱怨，不如去改变。当这个自我出现时，我告诉自己，我并不是没的选，留在创伤里或者站起来走出去，都可以是我的选择。

所以，当初发现"内心不舒服"的原因是出自母亲后，我的第一反应是强烈的抵抗。"我今后一定不能成为给人压力的人，一定不要找给人压力的伴侣，对将来的小孩也一定不要给 Ta 压力。"

我清楚地划定了楚河汉界，告诉自己要这个，不要那个，以此当作对未来的保护。这么做的结果是，我确实在 20 多岁长成了一个松弛的人，没有像我妈那样犀利的气场，也愿意在消极的想法冒出前果断抓住事情的光亮面。

那个时候，我庆幸当初给了自己这个机会。因为如果留在原地，我避免不了要一遍一遍地面对那些无力感，在纠缠中反复深陷于曾经受伤的场景中，加深伤害。

而改变，一开始并不容易。我也反复怀疑自己，我是否有能力让自己遇事不消极，我是否真的可以获得内心的平和。当我真的突破了这些关卡，在未知的路径中一点点建立起自知和自信，我知道，比起留在原地这个 100% 确定不舒服的结果中，选择改变，也是选择主动去加码通往幸福的概率。

★ 改变，从意识到行动需要漫长的时间

在开头的那场育儿讲座中，还有人提出这样的问题："家里老人和父母的教育理念不统一，一个说 A，一个说 B，孩子会不会产生错乱？今后他会成为 A 还是 B？"

老师给出的答案是：孩子很可能会成为 C，他会有自己的选择和判断。

我坐在台下，内心阵阵轰鸣。在我决定自己不想要什么的时候，潜意识里已经决定把原生家庭当作一面镜子——我可以参照镜子，自由决定余生的质量。一旦做出决定，我就是自己余生的唯一责任人，而不再是父母。

这种自我负责的决心，现在回看，有两条路帮助落地。

★路径一：趁早独立

年纪小的时候，我的一切都由父母提供，自主选择的范围有限。但是，当我认为父母做的某件事让我不舒服了，我偶尔也会提出来"你的行为和语言让我不舒服了"，这么宣之于口时，我并不过高期待对方的回应，而是用这个动作暗示自己，我的思想必须率先独立出来。

当我成年，真正远离家庭，走进职场，实现经济独立，我开始全方位地感受到独立之精神，体验到某种实质性的自由——没有了生存的后顾之忧，即使被认定某个行为是叛逆的，我也不再被动妥协，而是更有底气过我自己喜欢的人生。

然而，无论是思想独立还是经济独立，坦白说并不能系统消除原生家庭在我潜意识中留下的印记。我知道，自己还需要第二条路径。

★路径二：自省＋刻意训练

实现经济独立后的很长一段时间，以自我为中心，予取予求的情况依然会不定期发生，每当我注意到这种情况出现，我会让自己进入自省模式，具体做法是：深呼吸三次，内心默念，"我可以换一种方式，它伤害别人，这感觉我记得"。

在我怀疑自己"不够独立""照顾不好自己"，犹豫着"下次再试的时候"，我也强行让敢怼敢笑敢放肆的那一个自我浮出水面：我是内心强大的那个，当初不在意别人的眼光，现在也不能败在对自己的质疑里。

至于时不时冒出来的关于身体消极的、悲观的想法，我也开始训练自己"看笑话"，在搞笑幽默的环境中，人会分泌多巴胺，暂时远离负面情绪。然后告诉自己，没有"实锤"的瞎想都是自寻烦恼。

以上方法，我从初入职场就开始刻意练习，自视效果挺显著。那段时期结识的朋友，基本上对我的评价也都是：Sophie 是个舒服有趣、不拘小节的人。

只是，在我结婚后，曾经不好的影子仍然回来过。特别是最初的两年，对先生的予取予求，对出行的抱怨、不满足，任何一件生活小事都可能成为负能量的导火索，消耗掉我们的热情。那时候，我重新进行"自省＋刻意练习"，反反复复，一次一次。比如，在想要抱怨的时候让自己暂停进入内观的状态，察觉负面情绪的来源，用对话的形式告诉自己："说这些话的人并不是真实的我，它们不过是长久以来的意识习惯而已。"如此训练了 3 年，我不敢说自己已经完全克服了原生家庭的负面影响，但成长和改变确实在持续发生。

而选择改变的过程，也让我意识到这样一个事实：自主选择频率相投的伴侣，建立新的依恋关系，旧的依恋模式并不会自动打破，实际上，如果缺少了对自己行为的觉知，新的依恋模式很有可能成为旧模式的延续，甚至在我们成为父母后伤害到下一代。

所以，如果你和我一样，想要修复那些隐形的伤痕，请尝试以上两条路径，也请你相信一切真的会改变，虽然改变需要漫长的时间。

★ 我成为现在的我，还有太多不确定因素

28 岁之后，曾经让我焦虑的，已经渐渐不再使我焦虑。我活成了一个内心平和、自带能量的人。这也让我有机会站在远处，重新回顾与父母的关系——我是否过度解读了原生家庭对我的影响。

曾经与武汉大学擦肩，全然是妈妈的那句"别去了"的"锅"吗？从小到大，我都没有远离过父母，幼儿园离家 200 米，小学转个弯就到，初中隔两个红绿灯，高中也不过是骑车 15 分钟的距离。忽然要飞到另一个城市读书，我自己是否做好了心理准备？

小时候，我身边的同学普遍身体素质差，隔三岔五生病。我天天在学校，吃在一起、玩在一起，每半个月去医院挂一次水，对身体的担忧，仅仅只是妈妈心思重想念叨？

青春期是最说不清道不明的时期，其间出现的低迷，有多少是父母的原因，多少是自身的原因？荷尔蒙的躁动，谁又辨得分明？

正如少年时反抗性别限制，若当时心里没有那颗倔强的种子，父母的行为再怎么"浇水"，也很难全盘吸收，激起共振。

在成长的过程里，还有太多不确定的因素。但即便痛苦的因素真的来自父母，他们就没有痛苦吗？

妈妈在消极情绪最严重的两年里去看了心理医生，确实诊断出轻度抑郁倾向（现在已经好多了）。这种抑郁，和她早年高强度高压力的工作环境有关。

而妈妈对身体的重视变为过度担忧，也来自她得知朋友的老公和孩子先后得了胃癌离世。

环境是不完美的，这导致我们的父母也不完美。原来这个道理我只是听听，现在终于能装进心里。我想明白了一件事，我能心安理得地接受父母种在我身上积极的果，却不想花一点时间理解父母背后消极的因，这对他们来说，并不公平。在这一点上，我接纳了原生家庭作用在我身上的所有影响；同接纳优点一样，也接纳了自己性格中的诸多缺口。

★ 过去的，让它过去；未来的，让它到来

成长的一个好处是，当我 30 岁时回看自己的童年，发现与我整个人生相比，它们不过是一段小小的旅程。那些创伤的出现，可以精确到以小时计算，这意味着，我还有大把大把的时间可以重新出发，自我修复，过自己喜欢的人生。

曾经的我认为，保护孩子远离伤害的手段就是父母永远不做"施害者"。现在我却觉得，这很难实现。谁也不是完人，在生活的拐角处，谁也无法保证自己事事科学，不出一点差池。更重要的，父母眼中的"对"，未必就是孩子眼中的"对"。

所以，在女儿到来后，我修正了自己的看法。避免受伤的最好途径不是保护，而是教会她自主选择。如果我的言行让你不舒服，请大胆告诉我，让我看看如何改变；如果你已经意识到自己的行为有我的影子，不用害怕，

它完全可以被更正过来，因为你不是一成不变的，更重要的，你可以自由选择自己的行为。

去年搬回新西兰，为了顾娃，我和先生还有女儿与我的父母住到了一起。某个深夜，我抱来枕头和妈妈躺在一起。我们聊着有娃后的生活，聊着过去我当娃的日子，在妈妈轻度抑郁的时期，我没能理解她、陪伴她，一直是我的心结。聊完所有的话题后，空气突然安静下来，我妈拉过我的手说："对不起，妈妈过去的性格太强，让你受了很多委屈。"我一鼓作气地笑她别开玩笑，"内心强大到混蛋，就是你们打造的女儿我"。出门的一瞬间，却流下两行眼泪。

无关和解，只是纯粹幸福地觉得，不只我在为自己想要的人生努力，我的父母也是。

5.2　恋爱，不只是遇到对的人

如果 10 年前有人告诉我，你将来会嫁给一个细心爱家又风趣的丈夫，拥有一个幸福和谐可以和婆婆做闺蜜的家庭，生一个健康可爱的天使宝宝，估计我会觉得自己"捡到宝"。

如果 5 年前有人这么告诉我，我会淡定地点头认同，因为那就是我想要的，因为所有的幸运都不是偶然。

★

认识 H 君的那年，我 23 岁，他 29 岁。

那年我还是奥克兰大学的在读生，他已经从澳大利亚毕业回国工作了3 年。有时候想想，很多事情的发生都毫无预警，结束时回头看，冥冥之中上天已经做好了安排。

2011 年，新西兰击败澳大利亚拿到橄榄球世界杯赛冠军的晚上，我兴奋地发了一条 Twitter，而他恰巧给我留了言。

　　话题并没有围绕球赛，却是那么开始的。我们从橄榄球聊到了新西兰和澳大利亚的学校，从昆士兰和奥克兰的生活模式聊到了中国留学生在外的艰苦和趣事，甚至还聊到了哪里的烤鸡最好吃，对哪个城市的建筑留下过最深的印象。

　　我知道原来他叫 H，1999 年就到了澳大利亚，在那里生活学习了近 10 年。原来他念的是昆士兰大学，毕业后就回国工作，现在周末还在北大进修。他和我一样是北京人。令我们惊喜的是，原来我和他在北京的家只隔着几条街。我开玩笑说：或许我们出国前的某一天，曾不经意地擦肩而过呢。

　　那晚我们聊了很久，关上电脑已是下半夜，屏幕显示的几百条留言让我惊奇地发现时间竟过得如此快，一个人的心情竟可以面对屏幕就如此持续地愉悦着。

　　在这个男生身上，我清楚地找到了一种"遥远的相似性"，遥远来自空间，而相似来自彼此的价值观、精神层面的同频共振。

　　我开始相信一切都是最好的安排，是因为就在几天后的实验室里，我的一位生物学同学兴致勃勃地凑过来对我说："Sophie，给你介绍一个男孩吧，很不错的。喏，这是他的 Twitter。"我顺眼看了一下，竟然是他。

　　原来，缘分早已注定，命运里的人却并不知晓。

　　★

　　相爱的第一年，除了初恋爱时我回国的两个月，其余的日子我们都是分隔两地。

就是这短短的两个月，他带我见了父母，当我坐进他家明亮的客厅，我知道他的优秀都是有迹可循的。

看他父母在厨房里共同操持家务，时不时听到他父亲风趣幽默的话语逗得他母亲哈哈大笑。他的母亲炒得一手好菜，席间我们四人像老友般畅快地聊着，话题并不是家庭琐碎，而是未来我们两人的一些梦想和期待，关于爱情、事业和心中向往的生活模式。这种餐桌氛围与我家的氛围很像，有几个瞬间，我几乎感觉自己坐在自家的餐桌，只是对面坐了不同相貌的人。

与他家人的这一餐，让我仿佛见到了 20 年后我们的模样。

两个月的朝夕相处，幸福但是短暂。纵然我们抓紧一切时间相互陪伴，但假期终归要结束，我要回去继续读书。

那天，H 君送我去机场，我与他四目相视，我低头欲言又止，抬起头时他已目光坚定。"什么都不用想，好好回去读书，无论几年我都等你。"我说：那要等好久啊。他安慰说：没关系，我能等，只要我们过得充实，马上就会再见面。

那时候，他在北京，我在新西兰，5 小时时差。

每个周五下班之后，他都尽力推掉一切应酬，早早回到家里和我视频。每天中午下课，我也会给他一个 morning call 叫他起床。

那是一段不会再有的日子，我告诉自己。

每次托人捎信回去，他会在下班后第一时间赶去机场，生怕晚一天看到我的来信。我习惯每天在些许的失落中醒来，又在巨大的期盼中入睡。渐渐地，我的手机开始出现他提前编辑好的早安短信。他说，他缺席的这些时差里，至少他的文字不会缺席。

2012年8月24日，是我们期待已久的日子。他从北京飞来新西兰看我，见我的家人。我们一起去南岛旅行，中途我飞回学校做实验，他就在学校的图书馆等着我放学。没有出游计划的日子，我们就一起买菜、做饭，抓紧一切可以亲密的时光。

异地的岁月，我和H君并没有因为对彼此的思念而耽误了工作和学业，在这方面我们都很理性；或者说在他的引导下，我能够更加成熟地面对当下。

我们当下的努力和辛苦，都是日后幸福生活的有力保障。也因遇见的人是他，让我更加坚信，爱情不只在彼此的拥抱里，更在彼此携手领略广袤天地的脚步中。在对方身上，我们都看到了这个世界美好、善良、广阔的一面。更重要的，我们放眼的是一个有计划的、更长远的未来。

★

既然两个人相爱，也打算将来共同生活，我们干脆提早做出决定：要在同一个城市扎根。于是2012年，我回到了国内。

在这方面我和他其实很像，都选择了毕业后回国，一是年轻时更喜欢国内紧凑充实的生活步调，二是心底始终有份无法割舍的爱国情结。在双方父母的支持下，我毕业后回到北京，结束了我们一年多的异地恋爱，开始了国内生活。

回国后不久，我顺利地找到一份自己喜欢的工作。入职前我经历了 5 次面试，每晚回到家和 H 君聊起我在面试中捕捉到的"小玄机"和"测试点"，表情都是藏不住的小得意。

我告诉他我整场表现得多么自信，每个问题回答得多么得体，H 君对我一向都赞赏有加，鼓励为主，但也婉转地给了我很多建议，告诉我自信要得，小聪明要不得。H 君是很温暖的人，可以把批评教育的言辞委婉地切换成征求意见的口吻，既让我明白他的用意，又足够照顾到我的情绪。

我时常说，他就是我的一面镜子，总能让我看到更好的自己。他说，对他来说，我也是一样。

2013 年 12 月 10 日，他向我求婚。早上我刚到公司，就看到桌子上放了一张明信片，是他写的。整段文字的最后一句是："Will you marry me？"当时的我惊住了，紧张、兴奋、幸福的感觉持续了一整天。

原来，明信片是 10 月我们一起去苏州旅行的时候，他背着我偷偷写好的，特意让工作人员等 12 月初再寄出来，算好日期刚好是我 25 岁生日的这天。当天晚上，他拉我去了许仙楼，带着裸钻在那里正式跟我求了婚。虽然当时还没有完整的戒指，但我依然觉得这是最用心的求婚，而我，是最幸福的女孩。

★

我开始发现，虽然这几年我们一直经历着大的变动，但始终没变的是我们还在让自己成为更好的人，同时也影响着对方成为更好的人。

在最好的状态下认识 H 君，然后越发地爱上自己。这一切都不只是幸运。

★如果我没有修炼好自己，我未必知道他就是对的人

有人说我的幸运在于"遇见了对的人"。一开始，我觉得似乎是这么回事，但仔细琢磨，也有问题。如果当时我自身的状态不对，内心的自我模糊，遇见了，谁说不会是一次遗憾的错过呢？

遇见 H 君的时候，我走出上一段恋爱已有 8 个多月，内心虽有遗憾，但也决定将它视为了解自我的一次机会。我知道，物质贫富不是我关心的因素，相较而言，是否在价值层面有契合、是否有积极稳定的情绪、是否有自己热爱的事情……这些"软性"方面，是我更加看重的。

而我清楚，能否遇见这样的人，"一个巴掌拍不响"，还取决于我自己，是否也处在相同的频道——我的价值观是什么？我的情绪是否乐观积极？我有没有找到自己热爱的事情？事实上，如果我不够了解自己，或是在我看重的领域无法做得优秀，那么就算我后期遇见了足够优质的他，我们也可能因为不同频而走不到一起。

此外，游走在校园与社会，让我在儿女情长之外看到更多发挥自己价值的机会和可能，我获得了这样一种自信：没有恋爱，我的生活依然可以

紧凑而丰富，自我依然可以独立而牢固。那个时候我对自己说，这就是对的状态吧。最好的独身状态是趁着爱情未到，学会充盈自我、扩大格局，用"与你分享这个最好的我"的状态迎接爱情。你来了，每一天都会是我们的节日；你不来，每一天也是我自己的节日。

当我把这样的心态践行 100 次，即使他来时并非处处"对"，我依然愿意给他机会，给我自己机会，在共同成长的过程里，把彼此慢慢变成对的人。

★ 如果我没有提高"出勤率"，那么他未必能够看到我

将自己的状态调整好，但如果我没有出现在他的视野里，依然走不到一起。那么，另一个现实问题是：如何遇到那个他，全靠积极争取缘分吗？

争取缘分这件事，一不小心就容易用力过猛。相比之下，确保"出勤率"倒是不错的方式。如果你喜欢有爱心的人，不妨多参加志愿者活动；如果你喜欢热爱阅读的人，那么每个城市都有不同的线下读书会，不妨报名试试。

当年我刚满 23 岁，并没有急着恋爱，但喜欢广交朋友，论坛、微博、脸书，隔三岔五发个状态，评论一下热点。那时候我怎么也不会想到，一条新西兰在球赛中赢了澳大利亚的推文，第一个给我留言的会是我未来的老公。

★ 没有坦诚、及时的沟通，未必可以举案齐眉

我一直觉得，在恋爱前加一个"谈"字，是有大智慧的。

因为用"谈"的，我们就可以不分白天黑夜地聊三观、谈情感。刚和H君在一起的两个星期里，他就大方地告诉我过去几年的感情，分别和谁，为什么分手。我自己的感情史，从幼儿园到大学，他也了如指掌。

说透了，代表"我希望给你的全部"，过去的、现在的。因为这层"交底"的沟通，我们一开始就身在心无芥蒂的情境里，让之后的交往特别舒服。

恋爱中的沟通，也是为了化解误会。争吵会有，尤其是异地时的争吵，因为见不着面，常常会耽误"病情"，让裂痕扩大。

比如我和H君，争吵常常和时差有关，诸如我希望他多陪我聊聊天，他希望我早点睡觉。直白地说出依恋，我会不好意思。担心我的身体，唠叨多了，他也嫌自己烦。爆发过几次小规模的争吵，后来还是心平气和地聊开，我们约定，心里的任何担忧，都要让对方及时知道。那次我们共同克服了时差的问题，解决方案就是他提前编辑好晚安短信。

★恋爱中沟通的最高境界，对我们来说是看到对方，给予感谢和赞美

回国共同生活后，H君每天下班回家都要走进厨房说一句，"亲爱的，你做饭辛苦了，一会儿我来刷碗"。两年下来，雷打不动。我一开始特别不适应，嫌他太酸太假，但每一天都如此，我慢慢也受用起来。在我看来，这句话背后的心意是：他能看到我的付出，并且心怀感念，更重要的，他并不认为家务只是一方的事情。恋爱谈到后期，反而是他被我天天夸，背地里偷着乐。

世界很大，遇见对的人固然很幸运，但能将幸运转化为永恒的幸福，还是要靠不断提升对自我的认知，不停止对进步的渴望，以及遇见之后全力以赴地去把握。

5.3 婚姻中的四种关系

　　和 H 君结婚的第四年，我们深思熟虑了几个月，决定把家从北京搬回新西兰。在通勤政府机关落定各种材料后，H 君发出第一拨简历，但石沉大海。有六个多月，我俩处在零收入的状态中。我心疼他后来降级自己的标准，入乡随俗找一份体力工作过渡；他也心疼我，心气儿这么高的人，突然在海外做起全职妈妈，什么时候"复出"还未可知。

　　然而，与期待形成落差的日子里，我们一次争吵也没有，日子过进每一天，依然能见缝插针地"自黑"与"互黑"。我知道，婚姻进入第五年，我们正在接受生活的不同面目，也有勇气把任何日子过得开心。

　　五年前，我认为做到以上绝非容易。而现在能够做到，是因为我们慢慢在以下四个方面厘清了关系。

★ "你"和"我"

　　刚谈恋爱的时候，我是不谙世事的大学生，H 君是有点阅历的职场人。

这种身份差异，倒是给彼此增添了很多可供调侃的点。比方说，他的同事知道我的存在后，经常拿他打趣道："老牛吃嫩草，幸好人家看上你。"而我的朋友看见"Sophie 正在和一个大龄男青年交往"，画风也很快变成"成熟男士人脉多，他拯救了你的工作啊"。

别说外人，我和 H 君也经常开对方玩笑，但心里清楚，真实的情况并非如此。两个成年人交往，彼此需要、取长补短是正常的需求，但将婚恋定性成一种"搭救"——你很差，幸好遇到了我；你的出现，拯救了我的余生——这就在正常需求之外增添了许多沉重感，让对方却步。

当环境和消费水平突然降维（奥克兰的好在于自然条件，与北京的好各有千秋），我无心给恋人施压，从内心深处看，我从未把 H 君当作我生活的布施者和拯救者。我欣赏他，爱慕他，认可他能够给我带来一切男女关系中好的体验，但是，我的余生却不需要寄托在他的身上。在选择恋爱的时候，我曾真诚地问过自己两个问题：我是谁？你是谁？

我是谁呢？我当然不是一个完美的人，但这不妨碍我是因自身的价值感而完整的人。你是谁呢？你不是我的救世主，但你是我通往自我实现路上那个让生活锦上添花，让困难焦虑减半的人。

关于这两条认知对走进一段婚姻的重要性，我深有了解，它让我不会轻视自己，也更懂对方。

在普通的日子里，这种关系可以是平等的一句对话，"你（我）很好，但我（你）也不差"。你升职加薪成为领导，我为你鼓掌叫好；我在自己

的小团队里兢兢业业为他人服务，也同样值得你的掌声。

面对优先级的变化，生活节奏要随之改变，这种关系就内化成为彼此心照不宣的"懂得"。我当然相信，在国内学习的专业知识、在职场积累的见识，会通过自我评估帮助我在新的城市中找对路，实现意义。只是在价值尚未实现的摸索期，我或多或少有种身怀武艺却无处施展的沮丧，那么将心比心，他又何尝不是呢？彼此有多么为自身的价值骄傲，就会有多少失落深深藏在心里。不去抱怨，两个站在相同高度的人，才能因为对自己的体恤，去懂得对方的不易。

有时候想想，勇于走进一段婚姻，就是敢于搭上自己的余生，和对方一起迎接未来未知的起起伏伏。从这个意义上讲，婚姻不是为自己的幸福找一根救命稻草，它是我们在自身幸福之上的延伸，是我们在得意与失意时，伸出手就能拉到对方的手，感叹一句"多好啊，你不在我的前面，也不在我的身后，你始终都走在我的身边"。

★ "独立"和"依赖"

在新城市落脚期间，我和 H 君有过许多沟通，比如，是继续在自己擅长的领域打拼，还是从读书开始打入当地热门的行业，或是干脆"一步到位"实现自己的梦想折腾创业。女儿睡着的夜里，我们无数次地打开电脑，写写画画，交换意见，在分析完利弊之后，H 君通常会丢下一句话："放心大胆地去选，还有我给你'兜底'呢。"

我对这句话有种隐隐的感动，因为它再次提醒我婚姻中最不好拿捏的一对词——独立和依赖。

追求独立，保持自我，因为我们的人生各有使命，我们可以因自身的快乐保持圆满，只是这样的关系总经不起在婚姻中扪心自问："这个婚结得有何必要？"让对方的存在感骤降。看重依赖，因为在亲密关系中，谁都想放下戒备，把自己全然托付到爱人手中，然而又常常会使自己迷茫，如果此时遭遇背叛、欺骗甚至意外，我是否还有勇气和能力独自应对这个世界？

2018 年 5 月，我和 H 君做好出国前的最后准备，那是上半年最忙的一段日子。H 君每日早出晚归，在公司做辞职前的最后交接。我呢，想在国内买好家具带出国，既省钱又称心，于是从 3 月开始，陆续走遍了从集美到十里河的几十家店铺，最终按照我的喜好填满一车 40 尺的货柜。

有两个多月，我们彼此只能用电话和微信交流。家当拉去天津港那天，H 君在路演现场准备他的最后一次演讲。我倒了 3 趟地铁接完最后一批货，在海关办公楼跑上跑下，结账、交割、人情答谢……下午 4 点，所有货物清点完毕。我站在北京海关物流二处的停车场里，迎着夕阳目送装满我们全部家当的车子轰隆隆地驶出，心中五味杂陈。缓缓走出停车场的时候，H 君的短信进来了："老婆，怎么样了？办完事别自己坐地铁回去，等我接你。"我回复了他三遍"演讲加油"，忽然也打起精神，"我是谁啊？一切搞定，尽管放心"。

这个画面，我一直记忆深刻，它构成了我对独立与依赖最具体的理解——独立是为了成为"更好的依赖"。要独立，要成为事事能独当的那个人，唯有这样，我们才能成为对方的依赖，并且让对方变成自己也可以随时依赖的人。因为依赖的定义就是，在我们向前冲的那一刻，相信始终有个人可以给我们"兜底"，而在内心产生 100% 的信任和安定。

回到文章开头的场景，婚姻中最理想的状态，在我看来是共同承担。而经济和精神层面的独立，恰恰是实现这个愿望的基础能力。所以，今天你选择什么行业，我都支持你，因为我从未担心过未来的生活，因为过去你我都用实力证明过，赢了是双倍的开心，输了你还有我。

★ "彼此接纳"和"共同进步"

即使生活不尽如人意，依然无条件给对方拥抱的另一个重要原因是：我正慢慢清楚，自己在婚姻中的真实需求是什么。

纵然我和 H 君的价值观在很多层面都很契合，但我们都有各自根深蒂固的生活习惯——如果说我是自由随性的代表，那么他就是秩序严谨的典型。在刷碗这件事上就能看出来，我喜欢自由发挥，抄到哪个刷哪个，他则有一套烦琐的步骤，几乎保证水槽外滴水不溅。

可以想象，如果以共同进步为目标，我们彼此都有话可讲。

H 君会看不惯我的洗碗方式，旁敲侧击："你能不能认真一些？"我呢，肯定也少不了以水费、电费为由督促他："刷个碗而已，能不能效率一点？"事实上，结婚后我们的确有过此类争执，结果未分胜负，挺伤感情。

我曾经也动摇过，让对方进步一下，这个想法错了吗？爱情中所说的彼此接纳和共同进步，是否本身就是一对矛盾体？

婚姻进入第五年，我终于搞清楚，它们并不矛盾，甚至有协同效应。我和先生都追求共同进步，这也是当初结婚的初心之一，只是这个进步的目的——我们后来重新定义——不是满足我个人的期待，而是增进我们的关系，实现关系的进步。

两者之间有本质区别。要满足个人的期待，婚姻必然狼狈，因为期待哪里有尽头——你终于十分钟搞定刷碗，很可能我已经有了新的不满，"全程用热水刷碗，有这个必要吗？"

相较而言，追求关系的进步，就好办多了。最舒服的夫妻关系一定是双方都做真实的自己，那么，我们根本无须要求对方做任何改变。而这种各自做自己的权利，本质上不就是对彼此的接纳？

想明白了这一点，我突然获得了一种自洽，并在自洽的松弛里，审视到曾经的很多争执，都大可不必。

对于刷碗这项工作，我为什么喜欢自由发挥？不是喜欢偷懒，而是因为我生性渴望自由，生活中的所有行为都是这种渴望的外化。那么推己及人，H君呢，他劳累一天，故意给自己制造麻烦，喜欢在水池前多站那20分钟吗？也不是啊。因为他骨子里就是一个自律且对生活品质有一定要求的人，这种自我要求不是在结婚后突然养成的，而这种要求也恰恰是

我喜欢他的原因之一。

自在地做自己，也允许 H 君如此。这是我在重新定义什么是共同进步后最真实的需求。直到今天，我们的爱不但没有减少，反而加深了，而且由于彼此都处在尊重与接纳的环境里，我们在不知不觉中都向前迈了一步，通过自发地改变，成为更好的人。

★ "恋人"和"共同体"

我曾经认真地问过 H 君，我们选择婚姻是为了什么？一开始是觉得水到渠成，恋爱谈久了，当然要更进一步。大概 2015 年，我们在跨年时重新回忆这个问题，更赞同这样的答案——在抵御未知的路上，我希望多一个并肩作战的队友。

换句话说，就是由恋人慢慢变成了一个小单位的共同体。

共同体首先意味着，要有共同的长期目标。对于我和 H 君来说，这个目标最好不全是围绕儿女情长，而是因为两人的结合，可以给我们的家人和朋友圈，给周围的世界，带来积极正面的影响。有了这个想法，我们在 2016 年生育了女儿，并在女儿两岁时，把家搬到了新西兰。这个共同目标的确立，让我们不再关注生活中细小的得失，不再计较一时一隅的输赢起伏。在茶余饭后、散步观星之余，还可以拥抱一种默契：我们此刻在哪里，我们下一站要去哪里。

共同体还意味着，把关心用对地方。你需要什么装备、什么粮草，而不是"我认为你需要什么装备""我觉得你需要什么粮草"。

生活过着过着，我就发现，我和 H 君属于同一类人。最疲乏的时候，一杯水，一个按摩的效用，都不如我陪你坐下来，聊聊今天发生了什么，你的痛点是什么；必要的时候，给对方一个鼓励的拥抱，"这都不是事，还有我陪你"。

给别人需要的爱，对方才能体验到被爱。比起主观臆断，共同体这个视角让我养成了"及时看见对方需求"的习惯。

最后，有队伍的地方，就有考核。共同体也意味着，彼此是队友，同时也互为对手。

你在外辛苦工作，我不会窝在沙发里当土豆，即使暂时没有经济上的压力，也要学点新本事，不让自己留在原地。

对手，不一定是事业对事业、生活对生活，重点在于体验：我们都在不同的领域追求进步，都在努力让自己、让生活更美好。你前进一点，我又岂敢偷懒？终归，婚姻镶嵌在生活里，我们的终极对手是自己——明白自己在婚姻中的需求，要先学会与自己相处。

五年对于一段婚姻来说，尚还短暂。但比起初入婚姻时的青涩，我知道如今自己随时可以走出儿女情长的局限，关心更大的世界。纵然生活一地鸡毛，我依然有能力多一点观察和自省，在更深的维度体验爱与被爱的妥帖。

更重要的，时间过去后，在以上四层关系中，我更懂得了我是谁，你是谁，我们是谁。

5.4　打破中国式婆媳关系

　　如果文字有性格，"婆""媳"绝对是简单粗暴的一对。在网上输入关键词，是清一色的"相见不如怀念"和"距离产生美"。真有这么严重吗？在这里跟大家分享一个不同版本，为该关系平平反。

　　认识我的人经常觉得我很有"能量"，说实话我心里挺虚的，因为我见过真正能量高的人，就是我的婆婆。跟她站在一起，我的那点能量就得缩成原子。

　　在正式介绍这位"高人"之前，先说说我俩最初"相遇"时，让我印象深刻的两件小事。

　　第一件事，也是第一次见到 H 君妈妈，我的婆婆。她很瘦，穿件 s 号 T 恤，精神迥异地站在人群中，见了我笑盈盈地问："你就是传说中的小井同学吧？"那时候我刚和 H 君交往两个月，知道他家人都是随和开朗的人，但也难免小拘谨。本来憋着的严肃和认真，被她的一句"传说中"瞬间消解，大家全"出戏"了。总之，第一顿饭就吃得特别轻松。

第二件事发生在我毕业回国时。那时 H 君的奶奶生病，住在敬老院护理，头脑时而清醒时而糊涂，我们一起去看她，在医院陪奶奶说说笑笑，帮着收拾卫生。临走时，奶奶拉着我婆婆的手，小声问："和你关系处得怎么样？"我婆婆回握住她的手，满面春风地说："好，和咱俩一样！"

　　之所以挑出这两幕来说，是因为这两件事对我的冲击挺大。第一次的玩笑，是向我发出讯号，我们一家都欢迎你，大可不必紧张；第二次的接触，是暗示咱俩也能处得特别好，给我一颗定心丸，不显山不露水，这是情商高的体现。

　　后来和 H 君恋爱结婚，发现婆婆"高明"的地方远不止这些。"生命在于折腾"，这句话放在我婆婆身上特别贴切，但她的"折腾"不是频繁跨界，而是干一行就把这一行做到"极致"。

　　举个小例子。我身边有娃的朋友基本都请了月嫂、育儿嫂，或者是两家老人轮流上阵，而我闺女白天就我婆婆一个人带。我经常下班推开门，看到我婆婆在厨房，背一腰凳，右手炒菜，左手抱娃，桌上已经放了三四盘刚炒的菜，香味四溢，绝对是周星驰镜头里的武林妇人形象。炒菜做饭信手拈来还不算，有娃以后，家里经常有客人来坐，进门第一句话就是惊叹："你这家也收拾得太干净了，我都不忍心下脚啊。"

　　为此，我和 H 君经常自省，白天上班基本"武功全废"，帮不上忙，晚上回家就赶紧张罗，自己带娃，周末帮着做做家务，后来发现我俩能帮上最大的忙就是——尽量不添乱。

★ 居家好手的另一面是事业狂人

婆婆从北京师范大学毕业后，在北京第三十四中学担任语文教师，做到高级职称后被调到西城区教研中心出任教务主任及人事主任。在教育口一做就是几十年，临到退休的年纪被某知名企业返聘到人力资源部管人事，直到前两年才算彻底退休。

本想着终于有时间歇歇，等我公公也退休，两人去世界各地玩元，没想到公公又接受了朋友一家公司的返聘。同年孙女出生，婆婆又挽起袖子帮我们带起了娃，于是就有了以上抱娃炒菜的场景。

婆婆年轻时在事业上是"女强人"，就因为事业心强，H君两岁就被送了整托，一周只接一天。那时候也是没有办法，公公也在学校教书，两人的重心都在"育人"，自己的小孩自然就没时间"管"了。不过这样倒也间接培养了孩子独立自强、不怕吃苦的品质。

工作中比较拼，几十年里始终第一个到岗、最后一个离岗，婆婆的工作力也像她为人一样精明干练，经她手办过的事条理清晰、文案清晰，能够"深入浅出"，他人很容易就能上手，这也是为别人节省了精力和时间。在配置不足的情况下，婆婆曾一人抓起全教研中心上下四百号人的人事工作，其间没有出过一例差错。

比起工作和生活中的高质高效，给我们最多影响的，是婆婆在为人处世方面的大智慧。

★ "没那么多事"

婆婆在生活上高度自律，但不给别人施加压力，能自己做的，有命令别人的工夫，自己早就做完了。这点 H 君颇有遗传。"没必要在小事上斤斤计较，眼光要放远些，大方向把握住，其余的都是小事。"

这也是我婆婆和公公的相处之道。结婚 30 多年，从没真吵过架，秘诀就是这心态。大学时两人是学校的神仙眷侣，优秀干部，工作中各自是追求卓越的工作狂，回到家一起买菜、做饭、换布景、搭班子，不管多晚回家，走进厨房，噼里啪啦就能端出四菜一汤。对于他们来说，这个"大方向"就是终身学习，共同进步，互为镜子。

夫妻是这样，婆媳也如此。大方向有了，在小事上就不用分得那么清。很简单的例子。晚饭后的刷碗工作，我婆婆基本承包了，她说：你们累了，我就刷；我累了，你们就上；没那么多事，非得分得那么清楚，谁有力气谁做，谁做都为了这个家嘛。

★ "到哪儿说哪儿"

我婆婆 1953 年出生，13 岁时母亲去世，家里兄弟姐妹 6 人。母亲去世时，最小的妹妹刚刚两岁，我婆婆就当起了全家的"妈"，整个中学时代可以用"放下书包拿起围裙"形容。对她来说，现在一个人带娃、做饭、做家务，和那时候吃的苦比，都轻如鸿毛。干得动的时候就自己干，干不动了再想干不动的"辙"。

1999 年，在刚兴起"出国热"的年代，公公婆婆决定送 H 君出国读书。那时候家里兄弟姐妹都开始下海做起生意，公婆是家族中"唯一"没有下海的，在他们心中，还是在学校教书带来的成就感更大。人还是要干自己热爱的事业，不要为了钱随波逐流，这也是婆婆身上值得我们学习的。

那时出国还是有钱人的选择，代表能接受"最好的教育"。我公公常说，穷什么不能穷教育，而两人是双职工，工资有限，于是向亲戚朋友借了钱，将 H 君送出了国门。这一送就是十年。这十年，他们自己省吃俭用，一边供 H 君读书一边还钱，不仅还清了这些钱，还"攒出"了车子房子。

H 君在国外勤工俭学，机票贵，十年总共就回国三次，上学之余兼职好几份工，多的时候一天就有四五份，餐厅、机场、码头，再苦再累的都干过，挣了不少生活费，所以这些年基本没怎么花家里的钱。所有种种，H 君至今也没跟家人说过全貌，在报喜不报忧这方面，大家都是很好的"演员"。

和 H 君认识这些年，我听到婆婆说得最多的话就是"到哪儿说哪儿"。钱多咱就多享受，钱少咱就少享受。需要卖房的事就别犹豫，该卖，卖，该办事，办事；想要买房了也别犹豫，该投资，投资。钱多有钱多的活法，钱少也有钱少的活法。

总有出口，总有办法。婆婆是真正潇洒的人。

★　"只要你们过得好"
我们结婚的时候，婆婆资助给我们一笔钱，让我们办想办的婚礼，装修时挑最喜欢的家具，别留遗憾。我那天问她："为什么对我们这么好？"她说："我们竭尽全力给你们提供最好的物质生活，不为别的，就是希望你们可以做好你们自己。"

这话我一直记着。在任何时候，选择内心真正想走的那条路，别让物质左右了想法。这也是我婆婆自己一生所坚持的，现在要给她的儿女"铺路"。

有了孩子后，我和H君重新考虑搬到新西兰居住，我爸妈都在新西兰，走后最大的顾虑就是H君的爸妈。

对此，公公和婆婆的态度很明确："不要因为考虑我们就限制了你们自己，我们完全支持你们的决定，但有个大前提，就是你们去新西兰也好，去别的国家也罢，都得比现在生活得更好。除此，没别的要求。"

那段时间，婆婆抱着女儿偶有感叹："你和奶奶留下来吧，让你爸妈先奋斗，过几年奶奶再把你送过去。"然后又念："不能因为奶奶舍不得阻碍了小宝的前途啊。"

我听了很难受。再不舍也要放手，只要孩子能活出自己的精彩。之前是对我们，现在是对我们的孩子，这是亲情的绵延。

有不少研究和案例表明，糟糕的婆媳关系始于糟糕的亲子关系。即母亲过于"依恋"自己的儿子，将亲子关系放在家庭关系中的首位，导致一旦儿子和其他女性建立起亲密关系，婆婆的内心就很容易崩塌，燃起重新占有的欲望。

从这个视角看，我婆婆能成为我的榜样，最根本的一点，是她属于自我构建非常完整的女性，对生活的爱和激情都放在了追求自己人生的意义上，并非子女身上。

为何说婚前见长辈有必要，也是这个原因。大家可以先进行一轮"预判"，如果未来婆婆也热衷于自我建设，有自己的兴趣爱好，对生活有热爱，那就是加分项。而拥有加分项不代表后天就不用求"上进"了，这里也分享几个我常用的思维方式和小秘诀。

★秘诀一：多听多问，所有的墙壁其实都是门

婚后我经常和婆婆展开隔代对话，类似我是记者，婆婆是我的采访对象。所有上文中的故事，都是我厚着脸皮打听来的。我相信只要有心问，长辈都爱讲讲自己年轻时的故事。听故事有什么意义吗？有，它训练我们用一种动态发展的眼光看问题。在媳妇眼中，婆媳之间的墙壁多半在于"婆婆的观念和行为难以理解"。而当我们了解长辈的成长经历，我们就能结合过去，为今时今日发生在他们身上很多看似"不合理"的观念和行为找到根源，多一分理解和宽容。以我自己为例。遇到与婆婆观点不一致的情况，我会听婆婆讲一讲自己的立场，在倾听的过程中，也会用以下问题引导对话："您是怎么考虑这个问题的？（了解逻辑出处）"；"我理解一下，您看对不对？（在重述中找到自己可以影响的部分）"；"要是换个角度，也有不同的理解（说出自己的看法）"。让婆婆感受到我并没有企图说服她，而是耐心聆听她的想法，多数情况下，耳朵打开了，我们两人

的心也就跟着打开了。

至于多问。记得我刚结婚时，婆婆每次来家里"视察"工作，经常这也不合格，那也不合格，边说就边帮我们收拾。"工作"被人看不上，我心里自然是别扭的，"玻璃心"也有过，但发现胡思乱想解决不了我的问题，就尝试开口问"要不您给点建议，我跟着您学"。这么问，婆婆就明白了我"上进"的心思，手把手地告诉我这里这么做，那里那么做，出活也省力。跟着学了几次，也学出了门道，发现了自己的问题。

越成长越认同，婆媳之间的很多"围墙"都是自己内心戏演绎出来的，抛开婆婆和媳妇这层社会关系，背后都是真实的人，都有各自真实的情感需求。多听多问，多从对方的视角看问题，就是满足彼此这一内在需求，让所谓的围墙，都变成门。

★秘诀二：从朋友做起，让爱成为动词

"没有爱的感觉就去创造爱"，这是说夫妻关系的一句话，然而放在婆媳关系中也适用。我的一个秘诀是挖掘共同爱好。早前我喜欢写博客，婆婆经常来读我的文章，看完还给我留言。我的第一位粉丝，其实就是我的婆婆，只不过那会儿我还叫她阿姨。

我写情感关系的文字，婆婆就会表示很向往和羡慕，他们那时候的条件远不如现在，留言中既表达出作为已婚女性的祝福，也对我的观点表示欣赏。很多我婆婆的留言，我读着读着就会泪目，产生思想共鸣。现在写了新文章我就转发给她，两人互相切磋观点，很有乐趣。

婆婆自己也写回忆录，但搁置了一段时间，现在也找不到动机再提笔。我鼓励她继续写，写出来留给子孙，是特别珍贵的礼物。我和公公商量等婆婆写好编辑成书，送给亲戚朋友，也是作为对那个时代的共同记忆。

以文会友，文字打开了我和婆婆沟通的另一扇门。对于别人，这扇门，不一定是写字，可以是音乐、书画、花花草草，目的是共同学习和进步，参与构建彼此的精神世界。在这个世界，两个人有机会真正"看到"对方。

★秘诀三：做个"笨"儿媳

这条是我自认做得还不错的，就是把自己当成孩子。我们都是孩子。

孩子的一个特点就是接地气，不端不装。在外面和各类"利益相关者"装优雅，到家了就别再装了，换掉"衣服"，放下身段，变成孩子。比如，到家前20分钟我会给婆婆打个电话，跟她说我到哪儿了，用不用带点东西，晚上吃点什么；到家收拾完自己就钻进厨房当帮厨，聊天干活顺便偷吃锅边饭，我俩的很多"秘密"都是在这个小空间里发展起来的。越是自在的氛围，人越容易打开自己，流露真情，释放爱，所以要多创造这样的氛围。

孩子的另一个特点就是要有"监护人"。我和H君结婚后，除了蜜月旅行是我俩自己去的，所有出国旅行都带我公公婆婆同去。有了孩子，我们搬过去一起住，更方便了相互照料。我常说，得亏公婆不嫌弃，抚养"小宝"的时候，捎带着收留了我们俩"大宝"，不至于让我俩"沦落街头"，而是有港湾随时停靠。这种质朴、亲密的连接，是拉近彼此内心距离的最好方法。

★秘诀四：画个图景，"我们一定能处得很好"

我在前文中提过，经常告诉自己"一定能做成""我们会特别幸福"，这些话慢慢会内化成自己内心深处的语言，起到积极的指引效果。配合这种暗示，就是忽视"困难"，放大"幸福"。

我的"困难"在于自己的刻板印象。我上学时属于典型的"皮孩子"，最怵老师，而我婆婆就是老师，所以我心里总有个"灰色地带"，时不时冒出个声音说"不行"，"你们相处不好"。

后来越接触越发现，好像并没有任何论据支持这个声音。我开始觉得"一切都是自己瞎想的"，尝试转变观念。方法是加深正面印象，比如我经常回想自己和婆婆谈笑风生的画面，回忆生活中两个人温情的片段，也幻想以后手牵着手散步，在心里告诉自己"这些才是未来的常态"，然后在生活中多收集这方面的"证据"，自我印证。

人相信什么就会成为什么。这种信念法，我常用在人生的各个爬坡阶段，遇到困难，告诉自己一切都是暂时的，多想想解决困难后的画面，心里就有了力量。

最不明智的做法就是放大"困难"，一遇事就到处抱怨婆婆不好、媳妇不好。不管真的假的，这些话说着说着，就说成自己心底的语言，无形之中给自己设置了很多面墙，把自己堵得寸步难行。

总结以上，就是"为人儿媳，脸皮要厚"。下面也邀请了我婆婆，从她的角度写写婆媳相处的"秘诀"。

婆婆的话

我很欣赏 Sophie 的思想和为人，即使她不是我的儿媳，只是个与我无关的普通人，与她相处下来，我也会发自内心地喜欢和欣赏。

作为 Sophie 的"铁粉"，今天我也从"幕后"走到"台前"，说说自己对婆媳相处的想法，不是秘诀，因为没那么神秘，有心谁都能做到。

第一，没有分别心，都是自己的孩子。

我经常推着孙女在小区遛弯，耳边听到同为奶奶或姥姥身份的人这么说道："不帮衬着不行啊，心疼我女儿啊。""我帮着他们收拾，不然累我儿子呀。"言外之意，女婿或媳妇受点累就可以。听后唏嘘。

周末全家外出，逛家具城，一家人说说笑笑，经常有人上前表示："你们一家真和谐，他们是不是您的儿子和儿媳？"我说："是我的儿子和女儿。"印象很深的是，卖床头柜的小姑娘悄悄对我说："因为看到您一家的相处模式，我都有勇气结婚了。"

她的话让我心疼。生活中，我们尚有良师益友互换真心，有古道热肠为陌生人布施，却对自己子女选择的人生伴侣这般提防和较劲。实在不解。

很多人问我婆媳相处的道理，其实很简单，就是有两颗心，一颗叫真诚，一颗叫包容。Sophie 说得好，"让爱成为动词"，如何做到？首先就是敞开心，平等地看待儿女。接地气地来讲平等，就是削一个苹果，一人一半，没有孰大孰小。孩子犯错，想想自己年轻时未必比她做得更好，这就是包容。

Sophie 说她很幸运，得到了两个妈妈的爱，我读后很感动，因为把"妈妈"换成"儿女"，就也写出了我的心声。

对于媳妇这个角色，我的心态是：生活不易，勇敢如你，成为我孩子在这"荆棘路"上的同行者，也让我有机会再一次像爱我孩子一样，全情地爱你。爱，让人永葆年轻。

第二，忘记年龄，别忘记学习。

我没有时间去与你"周旋"，因为我还没放弃同自己"较劲"。

人过 60，很多老年病来了，身体生病，心理也跟着"生病"。这方面我有自己的养生秘方，即我的岁数我说了算。

我今年 65，对自己每年的要求是体重保持在 95 斤以内，每年都达标。秘方就是管住嘴，一道菜再好吃，自己觉得足够了，就不再多夹。身体没有重负，也反映在精神状态。从健康上讲，饭吃到"不饿"，头脑就开在清醒的频道；头脑清晰，眼神就少了呆滞；少了呆滞，老人的状态自然减去大半，年龄也自然抛在脑后。

用这清醒，我喜欢读书、写字、养些花草。这些都是打磨自己的方式，为的是摆脱市井浮躁之气，给内心一方天地。最喜欢的还是学习新东西，比方看报纸、看新闻，了解国家大事，让自己保持一份"不闭塞"。

生命可以度量，在此置一块表，我们都在以倒计时计算。如何利用好余生，活出质量，答案就是学习。人只要还没失去探索之心、好奇之心，能学习，在学习，就永远保持着年轻的心；也唯有在自我成长的路上，每个人才能做回"孩童"。这么想想，时间有限，自己"努力攀爬、吃喝玩乐"的时间还不够，哪还有旁心用来"对付"和"算计"他人。

第三，教会爱的本领，松绑亲情。

穷养儿、富养女是坊间的说法。两种"养"，本质都是用爱养。对男孩，可以多培养他吃苦耐劳的品质，使他多有担当，这无可厚非。

我和小H的爸爸由于工作忙，在孩子幼年时期没有给他太多陪伴，心里并非没有遗憾。我和他爸爸比较务实，不太看重生日和仪式，自己的还有孩子的生日，做顿可口的面条就算过了。日子是一天一天过的，比起庆祝生辰，庆祝每一天的进步和成长更重要，特别是男孩子，我不希望他把过多的时间花费在"务虚"的事情上。

言传和身教经常放在一起说，但我以为，身教比言传更重要。

在小 H 的成长中，我和他爸爸只是展示了我们自己对待婚姻、生活和工作的态度，并无过多言论，后来听他念起，相比生活上的"照顾"，我们在事业上追求卓越的精神，生活中包容互爱的默契，对他起到了更大的榜样力量，这种力量使他更早地迈向独立和成熟，成为一个有责任心和重感情的人。

孩子总要离开父母。明白这个结局，爱就不再是捆绑，而是得体的退出和放手。比拿得起更重要的，是放得下。用全局的眼光看，比起让子女直接享受爱的成果，身教子女"爱的本领"，就是让他们也有能力去影响他们的后代。投入一份爱，层层向下绵延，发挥最大的价值，往宏大了说，这也是传承。

那天，Sophie 跟我说："妈，以后我要再生一堆男孩。"我说："怎么，一个女儿还不够？"她答："生一堆男孩，用您的方式去爱，能多造福几个姑娘，让她们跟我一样幸福啊！"

如果说人到 60，还能收获某种成功，那无疑是儿媳的这段"表白"了吧。

6 回归

以孩子为原点，探知教育的本质

6.1 比选择教育体系更重要的事

　　生女儿的第二年，我们回到新西兰定居。我收到过很多老朋友的关心问候，通常有孩子的朋友会在聊天结束时充满好奇地补问一句："那边的教育体系，你觉得怎么样？"

　　我秒懂这句话的意思。在我们启程的前一年，新西兰刚凭借教育环境在一项全球 35 个经济体参与的评估中脱颖而出，而最近几年，越来越多的父母开始关注教育体系排名，希望在"瓜熟蒂落"前，选择一个不错的教育环境，让孩子免遭应试之苦。

　　我理解朋友的信任是出自"你留过学，你在西方做过家教，我更愿意听你的看法"，但正是因为亲历，才不能只给出一个简单的答案。这道理有点像——当你亲身走进一个新环境，你才明白真正的挑战是什么。

　　不能给出简单的答案，也不甘心毫无帮助，那么我就围绕三个问题，给出三个观点吧。我并非教育专家，这些视角全部来自这些年中西结合的学习经历和思考。

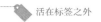

★ 国内的教育体系真有那么糟糕吗?

很多父母想把孩子送出去,原因并不是认为国外的体系有多先进,而是觉得国内的体系很糟糕。真的如此吗?至少在我看来,并不糟糕,我从没有觉得自己不如在新西兰长大的同龄人。

首先,知识技能的优势也是优势。

开篇提到的评估,是英国经济学人智库(The Economist Intelligence Unit)在 2017 年发表的一份"全球未来教育指数排名"——以更为综合的视角,从教育政策、教学环境、社会经济状况 3 个方面,设定了 16 个指标进行测评,以此来评估教育系统在培养学生"如何应对快速变化的未来社会"方面的效果。评估的结果是,新西兰综合排名第 1 位,中国排在第 33 位。

这个结果一出来,我身边的父母自然"炸了锅":"咱们的孩子在中国学习,当他们走向世界,岂不是没有优势可言?"

先不要着急,尊重孩子的个性与快乐学习一直被我视为重要的教育前提,我也愿意赋予其更高的权重。只是,当我将视角切回做学生的那几年,感受到的是另一种风景。

2009 年,我从旅游管理跨界食品工程。因为旅游管理是个文科属性的专业,在报考新专业时,我几次被学生中心的导师约谈,她对我说:"你最好先学习基础桥梁课程,否则你会跟不上。"

那时候我忽然发现,有底气拒绝她的建议,竟然是我来到西方表现出的第一种自信，而这种自信经常发生在我们中国留学生身上。

某教授的物理课上，不到 1 分钟给出答案，并且上台用两种方法演示的，是 3 个月前转来的湖北同学。课下圆桌讨论，追着一个问题想要继续围堵教授的，是我的北京老乡。用他的话说，"这些题目我都会了，想找教授讨论一些进阶的课题"。

我认识的多数留学生，因为语言表达的关系，并不习惯主动上台，只在自己的小环境中独自绽放，但其实这些人心算快、有技巧，并不逊色于其他任何同学。

我明白，你可能会说：这发生在 10 年前，现在已是 2020 年，不再看谁算得快、谁知识多，未来的世界，看的是综合发展，是创新与分析，是企业领导力，是跨界学习的能力。然而，知识技能的学习，不只在结果，更在于过程。即你不一定掌握多少知识，但在学习知识的过程中，你一定训练了自己的理解力、发现问题的洞察力和考虑问题的逻辑力。

从这个角度来说，中国的基础教育因为覆盖广、内容深，足以让学生走向世界，站在任何领域都有不低的起点。

其次，每种素养都不应被忽略。

不能把孩子培养成学习机器，但也不能忽视知识与技能的背后，还有其隐藏的品质。

由于疫情的影响，春节在家期间我重温了几部纪录片，其中一部是2015 年就看过的 BBC 出品的《我们的孩子足够坚强吗？中国式教学》。

5 名中国教师不远万里来到英国践行中国式教育，他们的任务是指导学生一个月，之后与当地的英式教育分出伯仲。

比起几年前观影时焦急地等待一个 PK 的结果，担忧"把中国教育展示得那么严格，万一'招黑'被骂怎么办"。这一次我完全沉浸于过程，甚至从第三集开始就陷于某种感动。

通过屏幕，我看到这群孩子在体育课上抗议，毫不掩饰自己不想做任务的情绪，"我是一个完美主义者，所以我对自己有很严格的要求，我不觉得这种竞争适合我"（言外之意，我不想输得难看）。

我想，一个孩子对自己有了解，对正在做的事情有判断，通常我们会说对 Ta 的教育是成功的。然而，如果一个孩子从不愿意到愿意挑战自己不擅长的事，在服从的压力下始终不耍情绪、不放弃，我们是否也该为这份坚持鼓掌呢？

中国的教育体系下培养出的孩子，几乎总不乏后者。

我读大学时，每隔一周会进行两个小时的生物实验，学期末，实验会延长到两天。每每在这些时候，我的实验伙伴就会向我表示："Sophie，你知道吗？你们中国学生，似乎总有向上的'鸡血'。"

她的话道出了多年来我的另一种自信：一方面，我们羡慕"别家孩子"的个性与独立；另一方面，我们自己身上的坚持和意志，也被别人真诚地羡慕着。

这是我想说的第一个观点：若一种教育体系培养出的学生走向国际

也能保持很高的自尊与自信，我们便不能说这种教育在国际上是毫无优势的。

★　是否真的有一劳永逸的教育体系？

与一部分不看好中国公立教育的家长不同，不少父母看得到中国教育的优势，但因执着于给孩子最好的教育，陷入不停的比较与焦虑之中。每年权威发布的各项报告，从国家的教育质量到学生的技能素养，再到未来需要掌握的核心能力，方方面面的维度和视角，他们看花了眼睛，不知道哪种教育理念和体系最好。

可是，真的有最好的教育吗？这个"最好"要如何定义？

一个思考：你对教育的期待，决定了你看待不同教育体系的视角。

父母的很多混沌和纠结，其实都是因为没搞清楚一个问题——你希望孩子从教育中得到什么？带着对教育目的的期待，我们才知道应该用什么视角切入教育的过程，找到判断的立足点。

以我自己为例。我认为教育的本质是什么呢？简单说，就是协助孩子，打开开关。

我经常说自己在高中之前的学习状态完全属于"投喂式"，你给我多少知识，我就吃下多少知识。我的目标很明确：完成考试，顺利升学。而我的逻辑是，只要我用老师提供的思维方式和方法，张开嘴，咽下这些"食物"，我就能顺利达成目标。有好几年，我对上学的理解，就是在父母、

学校等各方面监管中完成的打卡任务。可以推测，我当初怎么理解学习，就会在未来怎么理解工作。

在苦恼一个理科概念的时候，我的开关突然打开了。那个时候，很多"为什么"萦绕在头脑里，第一次，我有了强烈的求知欲。其后，为了体验更多解锁难题的乐趣，我对学习的态度，从被动接受变成了主动探索。这个转变的过程，给我的人生带来了改变。可以说，上学时，虽然我的每一句"为什么"都只限于课本中的知识，我并不知道未来的人生方向在哪里，但由于养成了主动思考的习惯，每每遇到瓶颈与迷茫，我都会自觉回到探索答案的模式中，慢慢地，为自己捋清思路，找到方向。

这就是那个神奇的开关。事实上，我认为这也是教育的核心所在——让孩子成为探索一切答案的主体，唤醒他们自我求索的热情，自己去体验开发潜力并达成一个个目标的快乐，最终开启一种良性循环。这里有个关键词——自主探索。当你保持着探索的本能与欲望，那么找到自己，找到自己喜欢的道路，实现人生的成功，就是早晚的事情。

从这个本质出发，再看不同的教育体系，我就有了新的侧重点。以新西兰教育为例，我更关心的问题变成了：新西兰的教育和中国的公立教育各自能在多大程度上起到"唤醒"的作用？

在当地做教育观察这些年，我发现以个性化教育为基础的新西兰，的确为自主式探索创造了更多条件，但也有它的问题。

先举两例好的方面。

★时间与空间的自由度

每每接女儿回家，怕中途打断她玩耍，我都会在玻璃门前等待一段时间。有半个多月，我看到孩子全部处在自发玩耍的状态中，有的孩子在室外用树叶做衣服，用树枝做独木桥，把沙子和上水变成泥"炒菜做饭"；有的孩子在教室里扎堆，玩追逐或者过家家的游戏。你几乎看不到老师在教学。

有过几次观察后，我问老师这种自发式玩耍会占一天中的多少时间，老师的回答是：绝大部分。为什么呢？

——每个孩子生来就带着对这个世界的好奇。

在时间上，没有统一的教学安排，当孩子们拥有大把自由支配的时间时，他们自然会因为好奇开始对周围环境的探索，探索会激发他们对感兴趣的现象进行思考：这片树叶为什么是绿的，那片树叶为什么是黄的？

在空间上，老师只负责提供多种情景和材料，不全程指导游戏，孩子自己选择玩什么、和谁玩，自己决定手上的材料如何分配，自己制定游戏规则。通过亲力亲为，孩子会自行摸索到推理和策略的乐趣，并且越来越想知道，下次换一种分配方法会不会更有趣。

在时间与空间的维度给出自由，尊重孩子用自己的节奏理解身边的自然、社会和物质世界，他们会在自主求索的过程中保持一份天然的好奇。不破坏这种好奇，就是帮助孩子维护主动探索的动力。

★ 及时反馈，因材施教的评估方式

孩子喜欢主动思考，除了兴趣驱动，还有胜任感。

这也是当地教育的一个优势，为每个孩子找到适合自己的成长路径。以数学为例，如果一个孩子的数学很弱，那么老师会通过观察与交谈，找到这个孩子遇到的实际困难，重新设定最符合 Ta 目前水平的数学目标，而非一贯执行最高标准。

为了达到这个目标，老师的判断就显得极为重要。在个性化的小学教室，你几乎可以看到每面墙上都贴着密密麻麻的便签条：一个小朋友上午完成了什么活动，哪里做得好，哪里还需要提高。新老师"进场"时，随时可以根据记录，无缝接管教室里的任意一个孩子，针对其现阶段的知识水平，灵活设定下一时段的学习活动。

当孩子认为自己可以胜任某件事时，他会因内心深处想要确认"我是否真的能做好"的好奇心，主动迈出步伐，寻找答案。

在这样的教育体系下，孩子自主学习的热情普遍较高。而这恰恰是公立教育的短板——为了升学率和达标率，缩短孩子自主探索的时间、空间，在教学中直接给出一个答案，让孩子记住知识点，这就导致不少孩子对学习失去兴趣。个别学习能力弱的孩子，因为题目太难，找不到胜任感，而自暴自弃。

然而，新西兰教育虽然在保护和激发好奇心方面做了很多努力，但也暴露出一些问题。这些问题，并没有体现在智库的排名中，却真实地存在着。是什么呢？新西兰一贯到底的自由教育，让很多孩子成长到某个阶段反而丢掉了自我延展的意愿和能力，最终没有机会将自己的潜力完全开发。

一位研究新西兰教育多年的父亲告诉我，通常这种分野，会从初中之后慢慢显现，你会看到，因为没有统一大纲，课本不难，老师在孩子学习过程中的要求和介入不多，除了那些有天赋并且对学习有强烈兴趣的孩子仍在持续突破自己，不少驱动力弱的孩子会慢慢放松对自己的要求，在懒散中度日，最终没有机会走上更优秀的道路。

从这一点看，中国的公立教育虽然存在很多问题，但总体来讲，它让每个身在其中的学生都能够尝试挑战自己的边界。有压力是真，偶尔因压力解锁学习技能，由技能唤醒潜力，追逐进阶的快乐，也是真。这恰恰是很多西方教育缺失的。就像 BBC 纪录片中，一个具体的任务给出去，英国学生会下意识先说自己不行，在中国老师不断鼓励"必须坚持，你可以"的声音中，不得不逼自己一把，虽然任务没有完成，但最终确认了自己的能力，酣畅淋漓。

回到我自己对教育的期待上，自主求索有两个重要的部分，一个是发现问题的兴趣，一个是自我拓展的能力。对于前者，新西兰的个性化教育理念确实提供了很好的土壤；而关于后者，想要最大化地发挥潜能，光有自主性不够，还需要有不断进阶的渠道，有指导，有训练。在这方面，中国公立教育的激励方法有值得借鉴之处。

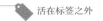

★ 若教育体系不能解决一切问题，父母可以怎么做？

没有最好的教育体系。认清这个事实意味着，作为家长，我们最该关注的不是体系之间的选择，而是如何借鉴不同教育体系的优点，给孩子更为全面和根本的指引。

我希望好的教育体系能够帮助孩子打开身上的开关，从发现树叶为什么有绿色、为什么有黄色的小问题开始，对自己的成长好奇，对世界的大问题好奇。直到某一天，这些"是什么"和"为什么"成为 Ta 内在的引擎，让 Ta 进入自觉的循环。

当我这么期待后，其实就可以在日常生活中培养起来。举个例子。某日遛弯时，女儿一直苦恼这样一个问题："为什么风车不转了呀？刚才它还在转呢！"

"你觉得呢？"我反问她。

"不知道，妈妈说。"

"你回想一下，刚才是不是有风吹过来？"我尝试给她一点引导。

"好像有。"

"刚才有风的时候，风车正好在转，现在风停了……"

"没有风，风车也停了！"

"对呀，那为什么有风的时候风车会动，没风的时候会停，等你上学后找到答案，告诉妈妈，好吗？"

这个对话到此就结束了。因为女儿刚刚三岁，我没有进一步引出力的概念，在我的学习经验中，用问题回答问题，新的问题才会像一颗彩蛋，埋在她的生命中，牵动她找到答案。等她长大后学到新知识，才会有一拍即合之感。

父母用自己的方式引导孩子，达成对教育的期待。听上去是个很不错的路径。但仍存在一个困惑：我要如何定义自己在教育中的位置？

有这个顾虑，是因为我身边的很多父母在用自认为正确的方式培养孩子。一个在新西兰的华人妈妈就跟我说过，因为小学环境太自由，每天放学，她都要抽出一两个小时，和孩子一起做题"打怪"，夯实基本功。

她说这话的时候，并没有释放轻松愉快的气息。事实上，这也是华人家长圈的普遍症结，"我是引导者，但我并没有快乐的体验，甚至是心累"。

为什么？

采访过身边的家长，我认为最主要的一个原因是——太过依赖自己。这种依赖，有"因为体系不理想，我不得不亲自上阵"的无奈，也有"我不指望体系和学校，我自己就能搞定"的"鸡血"。无论哪一种心态，当父母进入引导者的角色开始行动时，潜意识里就将教育的重任全部压在自己身上，只要孩子不如预期，就明显感觉力不从心，挣扎在以己之力与大环境"抗衡"的崩溃的边缘。

这当然不是一个好势头。第一，越过专业和权威的施教方，直接培养孩子，即便教育理念和方法很好，也会因为容易与学校的进度脱节，让孩子陷入一种错乱：我究竟要怎么学？我要听谁的？第二，带着对学校的不

满开展任何行动，无形之中就站在了学校的对立面，当孩子遇到任何状况时，很容易指责或推诿，让孩子夹在中间，有苦难言。

说到底，这是父母没有找到自己在教育中正确的存在方式。

那什么是正确的存在方式呢？教育是家长、老师、学校、社会多方的责任，"我可以直接培养孩子，但需要与学校为盟，保持及时的沟通与合作"。

我想，理解这句话最好的例子，是我中学时的一段经历。初三上学期，因为要背的知识点太多，每晚我都要"悬梁刺股"到 11 点，这直接导致我第二天精神涣散。这个状态，没过几天就被我爸爸发现了，他主动开始帮我做预习，假装有些知识自己也没学过，将他的问题变成我的问题，启发我在课堂上找答案，回来做他的老师。

那段时间，我的学习效率有明显提高，而且也留意到，老师的所有预习作业几乎都是用类似的方法，引导我们带着问题找答案。当时我以为这是一种新的教学方法，后来才知道，是爸爸曾经找过我的班主任，提出建议，希望能和老师合作，探索两全其美的教育方案。

没有与学校脱节，用一种创新的方式提升了孩子的学习方法，同时，努力推动教育环境发生一点改变。力量虽小，但依然尝试，我想，这就是父母在教育中最正确的存在方式吧。

今时今日，在倡导发展个性和自由的体系下，我希望孩子挑战一些有难度的任务，克服困难，学会坚持。那么，我可以手脚并用，自己关起门来操练，也可以在一个午后，约园长一个小时，讲出自己的真实期待，在不与学校的目标起冲突的前提下，探索更贴合学校，同时更有助于达成目标的路径。

实话说，在女儿来到新西兰上幼儿园的两年里，这样的"下午茶"发生过不止五次，从香水瓶中的液体选择，到家有不愿跑步的小朋友，如何鼓励和认可她。每一次探讨，园长的回应都始终如一，"不要有任何负担，我们非常欢迎家长的意见和声音，让我们坐下来，共同想办法"。

是的，张开嘴探讨不一定会得到期待的改变，但闭上嘴，是一定不会的。

我期待教育体系的改善，无论是中国还是新西兰，终有一天，可以为每个孩子打造最适合的发展路径，让他们成为最好的自己。即使这一天远未到来，我也知道，比选择一个教育体系更重要的，是始终以孩子为落脚点，团结可以团结的力量，打造有方向、有思考、有合作的教育微环境，然后，从这里出发。

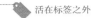

6.2　在起跑线上赢，不如在终点线上笑

女儿出生前两个月，我曾认认真真地做过一张 Excel 清单，200 多项新生儿待购物品，涵盖了小人儿从出生到一岁几乎要用到的所有物件。

对安全的重视如我，所有玩具一律不含 BPA（双酚基丙烷），光是洗发沐浴露一项，我就不嫌麻烦地研究了四五种牌子，哪种不刺激，哪种添加剂更少。那时我怎么也不会想到，两年后的某一天，女儿会炸着头发从幼儿园大门飞奔出来，一只手里拎着又脏又湿的袜子，一只脚沾满了泥，然后沾沾自喜扑向我的怀抱："妈妈，我今天吃沙子啦！"

那天的我，脸上一定写满了前功尽弃。

诚如我希望女儿健康，却把劲儿使错了方向。在教育中，我们希望孩子的归宿是成功和快乐，但有多少人真的选对了起跑线，关注对了方向？在那个午后，我不得不站在太阳底下重新思考，面对未来的不确定，我要找到那些真正有帮助的路径，让女儿走得踏实一些。

我没有教育秘籍，但有自己亲测过的人生，有五个方向，我决定试一试。

★ 提供最好的环境，不如教孩子在既定的环境下活出精彩

9年前，我第一次来新西兰，大部分时间里是渴望回国的。由于"好山、好水、好无聊"，除了勤工俭学，我最大的课后消遣，要么是去图书馆翻翻中文书籍，要么是在回家的路上拐弯去咖啡馆买杯拿铁。

终于等到毕业那天，我迅速定好了回国的机票，心想：回到热闹、便利的首都，一切都会有改善。讽刺的是，刚回国的半年，我的生活并没有因为热闹和便利而马上变充实——虽然很快找到了体面的工作，但每日穿梭于家和公司，能被我管理的，无非是午饭吃食堂还是去街对面吃，今天上班，我要坐公交车、地铁，还是打车。

事实上，无论在慢节奏的奥克兰还是快节奏的北京，我都没有一开始就做到充分享用环境，以此让我的生活更充盈。那么，当拼教育资源、拼住宅、拼旅行的爹妈把最好的一切投递给孩子之后，孩子就会自动变优秀吗？在未来的某一刻，习惯了好条件的他们是否会有这样的错觉——"今天我的不成功不快乐，只是我没有得到更好的资源"？

所以，女儿到来以后，我与先生达成的第一个共识就是，不用着急给她最好的——每年一次"高大上"的出国旅行很酷，但我们所住城市的近郊和远郊就足够我们探索和开发。在设施顶级的幼儿园，两三岁的孩子有更多的玩乐空间，然而现在60平方米的屋子，也不是每个角落都被"研究"到了极致。

不是因为给不起，而是希望她能明白，成功不在于拥有，而在于创造，

在于如何开发现有资源，排列组合出相对理想的生活。就像我们每个平凡人，人生的终极挑战一定不是 60 平方米的空间，也不是无边的世界，而是在时代、智力、出身无法选择的条件下，如何用手里的资源创造资源，让自己的生命价值最大化地绽放。

★　关注成绩，不如帮助孩子在真实世界中定位自己

上学时，我曾因为成绩好，获得过"别人家的孩子"这一荣耀；我也因人外有人，遭到过"别人家的孩子"的碾压。讽刺的是，在我毕业后，这些校园里你追我赶的竞技，并没有让长大后的我少受一点挫折、少走一些弯路。

一个年级几百人，你该怎么冲刺、怎么努力名列前茅，是再清楚不过的方向。朋友的儿子去年考上哈佛，录取面试官的话却非常刺耳，"你成绩拔尖，是学生会主席，还有时间参加各种竞赛、社团，这一切看上去多像是为了上名校堆砌起来的"。为了赢而赢，为了好看而好看，这似乎成为好学生的一种限制，因为除了享受赢的"感觉"，大家有多清楚自己的方向呢？真不好说。

对于我，这个从不一定到确定的过程，是走出校园慢慢发生的。

2011 年，我第一次在奥克兰小动物保护组织做义工，从此开始关注社会问题。

2013 年回国，得知国内有 1 亿多人确诊糖尿病，我最好的朋友彼时

就在与这个病斗争，于是我了解到有诺和诺德这家公司，致力于治疗糖尿病，让人们的生活更好一些。

2015 年，一个诺和诺德志愿者的机会让我接触乡村小学，接触血友病儿童，我震惊于这个世界的资源分配存在严重的不公，对特殊疾病的关注远远不够。

……

而后面的故事，因为关注了社会问题，我百折千回遇见教育，遇见热爱。整个过程中并不存在一个决定性的瞬间，明确"这就是我的热爱"，它更像是剥洋葱，一层层深入，越了解现实世界，越感到自我的无力与渺小，也越有"鸡血"告诉自己：我更渴望去那里，我更想尝试解决那个问题。

有点可惜的是，找到这样的"鸡血"，我花了 28 年，我希望我的孩子比我幸运。她不必成为校园内的第一、群体竞赛的冠军，她只要从小保持一份"打开"，不要在真实的世界缺席就好。因为这份"连接"，她有机会在更小的年纪就明白，周围的世界是什么样的，自己此刻努力的意义在哪里；更有机会将个人的喜怒哀乐丢进更大的参照系里，重新定义什么是成功，什么是失败。

想想教育的终极目的，不就是让孩子在世界的坐标系里，看清真实，定位自己，解决问题吗？

★ 超越别人，不如引导孩子走进他人的心里

走出校园，有两类人依然让我印象深刻，第一类是年级比赛考试的第一名，第二类是帮助过我的人。前者因为经常被拿来当作标杆，所以总有印象；后者因为真诚，所以悄悄留在我的心里。

和许多人一样，我曾将大把的时间花在成为第一类人上，而忘记第二类人的珍贵。这和我们的教育环境有关。从小我们就被这样告知，"你要管着别人，不能让别人管着你"，"你要超过别人，不能做别人的垫底"。这导致一支队伍里，人人都想当老大。

"当老大"这个想法本身没错，只是当我走进职场，组建家庭，发现真实世界的很多欢喜和痛苦，并不是领跑别人就能解决的——得到最佳员工，却很难得到最佳的工作气氛；讲赢道理，却很难走进家人孩子的心里。原来，比超越人更难的，是看见人、成全人。

所以对于女儿，我不要求她从小就有多么强烈的竞争思维，我希望她懂得协作。你想赢，那么也要想着让别人赢；你想让别人看见自己，那么首先要去看见别人。

就像想得到尊重，就要先给出尊重。这个世界的游戏规则，早早就不是我赢你输这么单一；领导力，也远非发号施令这么简单。等女儿长大，她会走进社会，走入她漫长的人生，但愿她不会在那个时候才知道，人生中更重要的，不是你超越过多少人，而是在工作中，有多少人心甘情愿与你共事，在你低谷时，是否有人愿意给你一个电话、一个拥抱。

但愿她能够不孤单地走完此生。作为妈妈，相比"超越"，"看见""尊重""合作"反而是更值得强调的词。

★ 执着于赢，不如和孩子一起定义什么是赢

我们的世界充满了对成功的渴望。

上学时我被告知的成功是要成绩也要特长，等到为人父母的年纪，成功的定义似乎变成事业家庭两手抓，两手还要硬。我从小信奉完美主义，这种对完美的追求固然有天性的成分，但更直接的原因来自我的成长环境。当我身边的朋友都是和我一样甚至比我出色的人，我的目标永远是如何做到最好。

所以，一路顶着"好学生"的人设来到海外，第一次遭遇人生的C+，我是崩溃的；与相处7年的前男友分手，我是无助的。有很多个瞬间，我怀疑过，"没能成为人生赢家，是我的能力不行，是我自己不行"。

在成为妈妈3年后，我才完全接纳了"输不是我的问题"。我已经做到了自己能力的极限，事业与家庭就是不存在平衡，朋友圈以外就是优雅不了，时间就是永远不够用。

自己做不到的事，就不要强加在孩子身上。所以我会选择早早告诉女儿：和个别天才相比，我们大部分人的生活都是"输"的。只是我们不会输在同一个地方——生物考砸了，没关系，至少下一次我不会再在同一个地方摔跟头；失恋了，没关系，至少我知道自己不想要什么；平衡不了诸

多目标，没关系，我们因此才懂得取舍。

现在的我无比开心，做不到最好，但始终还有更好等待着我。从这个角度看，每个人都能成为自己人生的赢家，只要 Ta 还有机会在自己的世界里突破。

我们如此，孩子也是一样。这个世界从不缺少对赢的向往，真正缺少的是能与自己和解，坦然面对输的智慧。我当然希望女儿能够一直赢，但比起追求赢，定义什么是赢更重要。

★ 与标准看齐，不如鼓励孩子勇敢表达自己

我曾因为不像女孩，遭遇过环境的恶意。若说这个经历给我的最大影响，就是我懂得了比看齐统一标准更重要的，是发出自己的声音。

这个声音，有个性上的"我就是不喜欢穿裙子，女生也不只属于娃娃和粉色"，也有追求上的"我不要去没有使命感、纯以赚钱为目的的公司，不行我就自己创业"。当我坦率地说出自己的立场，我才知道我到底在面对多大的阻力，同时，这件事对我到底有多重要。

我这样尝试，也鼓励女儿不要压抑自己的个性。作为妈妈，我当然知道与标准看齐更安全，发展个性有风险，知道这个社会尚未实现给所有的"不一样"一个公平发展的空间，但我依然认为鼓励孩子发声很珍贵。为什么呢？

其一，我们都在谈创新和领导力，这是全球未来教育的两项重要指标。

我当然希望女儿是一个两者兼备的小孩，然而，从小被限制发出不同的声音，将来一定不会有创新精神，更没可能引领世界、改变世界。而适应者是每个时代都不缺少的"螺丝钉"。

其二，我希望女儿能够摆脱外界的期待，看懂自己的珍贵。那些外界的期待，是只有完成和大家一样的标准化动作，才配享有掌声和糖果的等价交换。

而我们每一次鼓励表达自我，都是给孩子一次信心，"无须和别人一样，我的思考和见地，我何以存在，本身就是我的价值"。这是人生终极的快乐，来源于对自我价值稳定的认知。

回到开头那个小故事。想要小孩拥抱健康，最好的发力点是早日锻炼他们自身的免疫力，而非抱紧隔离。一开始方向就错了，再怎么抢跑，也很难笑到终点。

如果人生是一段长跑，我与女儿已经从不同的赛道出发，奔跑在各自的里程中。

作为先出发的人，我相信如果女儿拥有一点打理生活的能力，一点心中明确的方向，一点与人共情的本领，一点笑对输赢的心态，一点表达自我的勇气，她会更好地应对未知。

而作为跑到中场的人，我的内心始终有一个声音不断提醒：我们要赢的不是别人，始终都是过去的我们自己。

6.3 被早早送出国门的孩子的真实困境，你知道吗？

今年年初，我和一位好友吃饭。一年以前，他告诉我自己出国的计划，举的例子是：以色列的孩子为什么这么有创新精神，因为整个国家的教育体系，从学校开始，每天关注的不是考勤和成绩，而是今天你有没有提出一个好问题。

人有向优秀看齐的本能，这也是一部分家长选择送孩子出国的原因，只是，当我们给外国的孩子"点赞"，幻想自己的孩子和他们并肩而坐，早晚也能如此优秀时，我们都在不自觉地屏蔽一个事实——这群孩子生来就属于这片土地，他们不需要为自己的发色、肤色花时间求证：为什么我和别人如此不同？

说得再露骨一些："为什么我就是不如别人优秀？"

★

在新西兰留学四年，2018 年，我以妈妈和教育探索者的双重身份

"杀"回这片土地。这些年，我接触过不少华裔青年，坦白说，在同样的教育体系下，我们的孩子并不能做到自如，或者看似自如的表面也有一些隐藏的"雷"。这些"雷"离不开两个方面——自我认同缺失与自我认同偏差。

①自我认同的缺失，让探索和求知成为一座高山。

一个真实的例子发生在十年前。

刚进奥克兰大学读书时，我兼职家教，因此认识了一群在当地长大的华人学弟学妹。我坦率地和他们讲自己的困境，"从国内大学切换过来，还没有完全掌握新西兰的大学的节奏"。一个来自大连的学妹表示深有同感："我小学就过来了，有很长时间，我从来没有认真听过课，每天我都在想，我的头发是黑色，别人的头发是金黄色，我为什么在这里呢？"

我要怎么表现，怎么说话，怎么办事？

在之后的十年里，我遇到不少中国孩子，艰难地在夹缝中生存，要么不知道如何定位自己，是中国人还是外国人？要么了解自己是中国人的客观事实，但无法从内心给出自己对这个身份的认同。

在妄自菲薄的状态中，人无法探索新知。如果你的孩子在进入教室前连呼吸都要仔细调整，无法被环境接纳，甚至无法接纳自己，很显然，Ta并没有办法全副身心地投入学习。

②自我认同的偏差，导致"两头不靠岸"的风险。

另一个例子，是我先生的大学同学。他四岁时和父母定居澳大利亚，

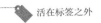

在他的认知里，自己就是地地道道的澳大利亚人。这哥们很幸运，大学毕业后，进入当地一家通信公司，从普通的财务做到中层管理，收入不错。相较之下，他的情感状态就不如事业这么顺利了。女友换了三任，每一任都是金发碧眼，却都不长久。后来他喜欢上一个中国姑娘，提出交往却碍于语言不通，止步不前。我不由想起我大学时的个别同学，将自己包装成外国人，进入跨国公司，被安排与中国团队开会，因为语言蹩脚，不懂中国视角，被公司视为"两头不靠岸"的存在，自己痛苦，晋升之路艰难。

显然，他们面临的困境，都要回到肤色上去解决。

★

孩子们如何定位自己，决定了他们与周围世界交互的方式，认识世界、理解世界的高度和角度。大部分父母送孩子出去，并不希望他们将来成为地道的外国人，只是单纯地期盼他们可以融入西方的环境，接受教育，提升能力，具有更开阔的视野。

那么如何融入呢？我想，一个人无惧于融入一个新环境的前提是，Ta对自身的价值有信心，有正确的判断。换到我们的情境中，孩子首先需要对自己的中国身份有尊重、有认同；否则，早晚要面对上文中的两方面挑战。

这并不是一件容易的事，需要父母投入时间和精力参与其中，一同寻找可能的方案。

★

如果你的孩子计划出国，或者已经在国外，我希望以下两方面能对你有所启发和帮助。

★早期安全感的建立：给孩子的成长安排"同类参照系"

在孩子还小的年纪，他们并不懂得身份的定义，支撑他们的日常快乐的，是环境接纳带来的安全感。

女儿转过一次幼儿园，面对新环境，她的摸索周期是两周，有十多天的时间，她不会主动参与小朋友之间的游戏，只是站在一旁半焦虑状地观察。

这个改变发生在什么时候呢？当她开始明确班上的几个小女孩和她一样的时候——从相貌上看，大家都是黑头发、黑眼睛；从语言上说，大家都可以讲中文，互相能听懂。老师告诉我，当女儿察觉到这些同伴的存在后，她开始打开自己，逐渐进入舒适松弛的状态，可以游刃有余地完成老师布置的各项任务，甚至主动发起游戏，还会在过程中帮助班里其他的外国小朋友。

我懂得这背后的逻辑。其实我们每个人在进入新环境时，都经历过不敢说话，只想做个隐形人暗中观察的阶段，想想我们第一次上学、第一次转学、第一次进入职场、第一次参与重要会议时的紧张慌乱。而后来可以迈出这个阶段，多少是因为发现，"咦？原来 Ta 也和我一样，都是新人（转校生）"，"哇，原来这么优秀的 Ta 最早和我一样，那我也可以的"。

那么现在，面对陌生环境的压力，父母最好的守护，也是帮助孩子在成长过程里建立起这样的"同类参照系"，让他们明确，"我始终不是一个人在面对"。

这种"同类参照系"，可以是身边的朋友、同学、老师、父母等等。

举个例子。如果孩子第一天到国外，那么最好能为 Ta 选择一家华人学生多的学校，最好学校里还有华人教师。在这样的环境下，孩子会放下警戒心，"那些和我一样黑头发的人，就在我的身边"。当他们找到基础安全感，慢慢建立自己与环境、与同学的交互方式，开始和当地学生打成一片，他们也会在安全感的基础上挖掘到一种来自同类的自信，"你看，那个在学校里光彩熠熠的老师，和我来自同一个国家，在这里，中国人也占据着非常重要的位置"。

相似的道理。如果父母陪读，可以将住址选在华人多的小区；如果孩子缺乏社交自信，父母完全可以亲自创造机会，在社交场合主动给孩子演示。

有"同类参照系"，孩子的基础安全感就会很快建立起来。只是，光有这一层还不够，我们还需要让安全感扎根。一个中国孩子和一群中国孩子走在一起时，Ta 一定不会害怕；而当这个孩子独自前进，身边没有任何伙伴时，Ta 是否会因为自己的中国身份，无所畏惧地迈开脚步？

★身份自信的建立：搭建有价值的中华文化学习渠道

事实上，很多父母都在为"是"这个答案努力着。海外市场也确实看到了家长的努力，并且为这些努力提供很多路径——既有像孔子学院这样的国办非营利性文化机构，也有散落在民间的各类"寻根之旅"游学营、培训班、网课，甚至很多当地的私立学校也设置了中华文化课程和夏令营。然而，这些努力并不能直接解决问题。

其中一个潜在的阻碍，恐怕是孩子们的抵触心理。近几年来，不少西方主流媒体对中国的报道有严重的偏见，甚至污名化（比如新冠肺炎，现在依然有新西兰媒体称其为"中国病毒"），我们的下一代成长在这样的环境中，可以想象，若接收的信息全部是经过选择的负面新闻，长此以往，难免会对祖国心生成见，把深入了解的机会挡在门外。因此，学好中华文化，重点不仅在于学，还在于培养正确的认知，即让孩子从小学会独立思考，对任何消息的来源保持谨慎和质疑；特别是在中国问题上，需要给孩子搭建更多信息渠道，让他们接触到更完整、全面的信息。

消除了偏见这个障碍，那些接触中文教育的孩子们，其成果又如何呢？

至少在我认识的几十个家庭中，孩子们的普遍情况是：能力层面，中文仅限于听和说；认识层面，知道一些国内的传统节日，能够说出一些名山大川；再深入一些，就很困难了，要说由此产生身份自信，就更加遥远。为什么？

其一，从输入看，施教者没有把力气使对地方。

举个例子。我曾经给一位 Kiwi 妹妹做家教，其中讲到汉语里的家庭成员，除了父母、子女，还有姨母、姨父、姑姑、姑父、舅妈、舅舅……Kiwi 妹妹一脸茫然地对我说："你们国家怎么有那么多的亲戚？我们就只有 uncle 和 aunty 之分"，"中文好麻烦啊"。

听上去确实有些麻烦。我自己也没找到合理的解释，仅仅选择了最简单粗暴的方式，先让她记住。从氛围来看，学习的效果挺不理想。

我讲这个例子，是因为今天的中文教育，其实和当时我遭遇的尴尬类似，把力气都花在遣词造句的形式方法上，认为记住就等于学会。试问：我们自己的小孩，会因能讲几句母语、写几个汉字，就找到身份自信吗？恐怕学习热情都难以保证。

其二，从输出看，中华文化在西方环境似乎没有多少"用武之地"。

一个久居新西兰的 14 岁女孩是这么说的："中文我也在学，但我已经有了自己的西方化的思想，为什么还要深入了解中华文化，它们能给我的生活带来什么实质性的帮助？"

这是一个典型的问题，类似的问题还有："我的同学都是本地人，我的故乡文化根本没有表达路径。"

看不到"变现"的价值，久而久之，孩子的学习热情就会逐渐消退，身份的自信自然也跟着摇摇欲坠。

以上两个原因，看似"一出一入"没有交集，实质都指向一个最简单的困惑：在西方世界学习中华文化，学的到底是什么？

以我这些年的教育观察来看，想要生长在海外的孩子心无所惧地行走于西方世界，从根本上讲，需要一种自信，这种自信不直接来自文化自信，而是来自一种更为实际的、东西方文化差异下的比较优势。粗浅地说，你有你的"人权高于一切"，我也有我的"团结就是力量"，面对同一个困境，我的文化可能比你的更能解决问题。让孩子学习中华文化，就是要他们领略这种差异，在差异中找到自己作为中国人行走西方的独特价值。这才是身份自信更为直接的来源。

对这个目标达成一致后，对输入与输出就会产生新的洞察。

★★ 输入视角

①认识学习中华文化的精髓。

教学不是在字面做文章，而是让学生理解中文作为一种语言，所内含的价值观和思维方式。为什么中文里亲戚有那么多称呼？因为这些称呼的背后，是中华传统文化对亲情和手足的重视。理解不到这一层，孩子不会学好中文；理解到这一层，语言只是工具，工具所承载的文化、价值观和思想内容，才是对孩子而言最有价值的精华所在。

认识到这个层面，相信"我在家说中文，孩子说什么无所谓"的想法也会不攻自破，因为我们把中文作为家庭的主要语言，就是让汉语有更多机会塑造孩子的思维方式。

按照这个思路，我们也可以辨别市场上大多数的寻根游学项目是否真的触碰到中文教育的本质。举个例子。我们知道，靠短时间的体验式学习来深度影响孩子的思维，是几乎不可能的事，如果某个寻根游学项目在结课后的一项服务，是为孩子创建一个与国内同龄人深度连接的端口，日后这些孩子可以相互交流、相伴成长，那么，这个游学项目就比其他项目更值得信赖——既看到了教育的持续性，也对上文所说的中华文化教育的本质有所触及。

②引导孩子寻找中国文化有别于西方文化的优势。

这是身份自信建立的关键一环。一个有效的方式是：借助热点问题横向比较。

比如，在对新冠肺炎疫情的防控中，中国与西方国家分别采取了什么措施？这些措施的背后是什么价值观在驱使？价值观的背后又是什么类型的文化起主导作用？用引导的方式层层挖掘，相信孩子们一定会看到自身文化的亮点，激起在生活中实践的想法。

★★ 输出视角

让中华教育融入生活，最有效的帮助就是为孩子在生活中提供一个练习的环境。比如，当孩子有了实践的想法，家长完全可以结合社区力量，尝试以下两个方法。

①从华人圈内部着手，展开东西文化差异辩论赛，相信孩子们一定会做足功课，没准还会在同学间走访调研、互相取经，自发形成一个中文学习的小环境，达到一举两得的效果。

②融入当地人的圈子，敲开邻居的房门，尝试用自己的中国智慧为Ta解决掉一个难题。这样，不仅锻炼了孩子的勇气，而且孩子也会因为

为他人创造价值而成就感倍增。说到底，这也正是国际化的含义：真正的国际化，不是去"中国化"，而是将中国智慧运用到世界的其他角落。

总而言之，对于我们的下一代，当他们在差异中看清自身的价值，并且有机会实践这一价值，他们终会成为更立体、更自信的人。

我经常形容自己再次出国这个决定是一场创业实验——让越来越多的华裔少年既不被西方文化全面同化，又不做游离在东西文化外围的"局外人"，而是可以平衡两种文化，在融入西方的同时，依然能找到代表自己的东方价值观，兼容并包、心无畏惧地前行。

我知道，这会是一场硬仗。然而，相比孩子们在西方经历的真实困境，看到，站出来，做些事情，总是相对容易的。毕竟，我亲眼见过，那些被早早送出国的孩子，虽然不表于口，但内心深处都渴望一条"回家"的路。

6.4 与孩子的深度连接，始于"看见"

我女儿去年年底满三岁，在和她打交道的日子里，我很欣喜地发现她是个好生好养、不娇气、挺省心的小孩。出生19天开始睡整觉，月子里断了夜奶，叼了小半年的奶嘴说戒也能一次性戒掉，虽然隔三岔五要点小性子，但事后找个时间聊一聊，她也能摆出小大人的表情，痛定思痛出"打人不好，我今天冲动了，下次我不能再这样了"之类的金句，让我们憋笑点头。

有这样的"成绩"和"复盘习惯"做铺垫，我和她爸理所当然地认为，两岁后摘掉尿不湿，自己学会上厕所，会是很顺利的过程。然而，这过程断断续续持续了10个月。

最开始为她准备了练习用的小马桶，她不排斥，但只是"意思意思"，坐一会儿就离开了。第一次成功蹲大马桶是两岁半，她自己兴高采烈地主动跑过来要求，给我俩高兴坏了，以为那个高适应性的女儿又"回来"了，没想到却是进一步排斥的开始，"我不喜欢上厕所""尿裤子也没关系""我要等下一次"。

有很多个瞬间，女儿的反应把我扔进了自己的小时候——家里来了客人就躲到爸爸身后藏起来，任凭大人怎么着急暗示，也不愿出来打个招呼。那时候性格腼腆慢热的我，正如此刻不愿摘掉尿布的她，虽然处境不同，表达倔强的方式也不同，但内心里的某种渴望，似乎又是相通的。

一定是哪个环节出了问题。

当我搬出买玩具做奖励这个"下策"，女儿依然不为所动时，我这么告诉自己。

她已经了解上厕所要去卫生间，但就是迈不开那一步。鉴于这种情况，可以用一种残酷但高效的方式逼她迈出去，比如，收起家中所有的尿不湿，严肃地告诉她"你再不用马桶就等着尿裤子吧"，或者干脆搬出"别人家的孩子"，"你的好朋友 XX 和 XX 早已经自己上厕所了，只有你还不会"。这两句话，我在最生气的时候不是没想过，但出于保护和不忍心，最终没有说出口。

"再给女儿一点时间"，这是我和先生商量后，共同做出的决定。

在育儿这条路上，我和他都是新手，但也研读过一些科学育儿的文章，采取的策略基本是不施压、不强迫，尽量尊重孩子的节奏。由于这个"准备好"的时刻迟迟不来，我决定换一种更为主动的姿态。

某次女儿坚持在尿不湿里"解决"，我没有像往常一样唤她去厕所，而是陪她来到自己的房间，肩并肩坐下来，拉起她的小手问了几个问题："是因为坐马桶难受吗？疼吗？"女儿摇头。"那是因为怕擦不干净吗？"继续摇头。十多分钟过去，就在我想放弃这次沟通的时候，女儿突然用极小的声音呼唤我："妈妈，抱抱。"一个下意识，我问："是因为妈妈不给你换尿不湿，觉得妈妈不爱你了吗？"女儿终于点头。

那一刻，我的心情极为复杂，"与妈妈的爱比起来，屁股红一点，难受一点，没有多大关系的"。我终于看见女儿内心的想法，虽然她还不到三岁，但并不妨碍她拥有细腻和敏感；也因为她才三岁，面对习惯的改变，全部的认知都来自她最本能、最真实的反应。

在确定"无论怎么选择，妈妈都爱我"这个事实后，去年年底，女儿成功戒掉尿不湿，并且，没留下什么心理阴影。

★

坦白说，这次帮女儿摘掉尿不湿的行动，让我重新感受到"看见"的力量。

我们常说，父母与孩子建立深度的连接是教育中最重要的基石。而这个深度连接搭建的第一步，就是要看见孩子内心最真实的需求。

我有一个"妈妈群"，群里经常抛出各种育儿相关的"疑难杂症"。有一位妈妈就曾抛出这样的问题：求助！这几天我儿子总是向我挑衅，说他不爱学习，不想吃菜，只想在外面疯玩，怎么办？

以前看到这样的提问，我也没有更好的解法。然而，领略了"看见"的力量之后，我迅速输入几行字，这样回答她："先不用阻止他，可以另找个时间，给他一个拥抱，告诉他'妈妈很爱你'，再来讨论这件事，看他的反应。"

很快，我得到了这位妈妈的反馈：你是怎么知道一个拥抱就能解决问题的？我把"看见"的秘密告诉她：其实你的儿子不是真的不喜欢吃菜、不喜欢学习，他只是抱着测试的心态，看一个不听话的自己能不能被父母接受，是不是真的被你们无条件地爱着。你看他三番两次放出"狠话"，又没有真正执行，这就说明了问题。

"对啊，我怎么没有想到！"那位妈妈感慨地说。

如果她只是就事论事地告诉儿子：不行，不可以，你这样做没人会喜欢你。那么儿子必然会受伤，在意识里留下"父母没有那么爱我"的结论，拉远亲子之间的距离。好在，"看见"的出现挽救了他们的关系。

这虽然只是一个小帮助，但事后那位妈妈的话一直留在我的脑海里。是啊，究竟是什么冻结了我们"看见"的能力呢？

"罪魁祸首"是父母的评判心。在孩子提出一个要求或者做出一个行为时，我们的头脑里也跟着下意识地做出一个反应，这个反应不是"孩子为什么会有这个要求、这个行为"，而是"这个要求和行为正确吗"（评判）。

一旦动用了评判心，我们的注意力就自然集中在我们自己对是非好坏的情绪反应里——孩子说出喜欢学习就是正确，跟着开心；不喜欢学习就是错误，跟着生气。顺着这层反应，不难想象，接下来我们会将自己认为正确的观念和处理方法统统安置在孩子身上。且不说我们的这套评判标准是否真的正确、客观，至少"看见"这条路，是妥妥地被我们自己堵死了。

★

如何不被评判心所困，看见孩子的真实想法呢？一个有效的方法是，放慢自己"评判反应"的节奏。

举个例子，女儿有段时间不想去幼儿园，每天睁开眼睛的第一句话是："妈妈，我再也不要去幼儿园了。"要是放在以前，我会先给出一个判断，坚持去幼儿园才是好的，然后有理有据地说服："去幼儿园多好啊，你看幼儿园有……"陷入自己的评判逻辑里。

现在我会怎么做呢？首先，我会让自己不去关注"去幼儿园到底好不好"这件事本身，将它暂时搁置到一边，这样一来，我的评判标准就不会马上引出我的个人情绪。接下来，我会让自己深呼吸几次，将心情调整到一个平静开放的状态。当我这么做时，"要去"或者"不去"的答案就不会占据我思考的主位，而我会在相对平和的状态里慢慢进入"看见"的模式。

"好，那让妈妈先抱抱你行吗？"让女儿爬进怀里撒会儿娇，借这工夫玩个手指游戏，或者编一个故事，等小人儿的情绪沉淀下来，很自然地问一问："那你今天为什么不想去呢？是有同学不友好吗？是不想睡午觉吗？是老师没有关注你吗？"这些问题当然是基于我对女儿的了解，基本总有一项"切中要害"。

读到这里，你可能认为，那个"要害"已经找到了，接下来具体问题具体分析就好，"看见"到这一步就结束了。其实并没有，到目前为止，我们只是发挥了"看见"一半的力量。

比如，女儿说她不想去幼儿园是因为不想睡午觉，没有小朋友陪她玩沙子。这个时候，我会继续尝试站在女儿的视角说出她的感受："确实，没人和我玩沙子，我好寂寞啊。""老师要求睡午觉，但睡觉就没法玩了。比起休息，我更想要多玩一会儿。"

这是一个神奇的过程，因为我仅仅是将她的感受用自己的嘴巴复述一遍，她听完立刻会把板起的脸松弛下来，似乎已经在内心里完成一轮转变，从坚持不去幼儿园，到有机会商量，再到试试看也没什么可怕的。

为什么会这样呢？

因为当我们站在孩子的视角说出他们的情绪和感受时，也意味着我们在试图唤醒自己的情感，去理解、共情孩子的情感，"亲爱的，我知道那样不好受，你有现在的情绪和感受都是正常的"。一旦孩子在我们的描述中看见我们的态度，体验到这种接纳，他们的情感世界就会敞开大门，让

他们自发进入到一种自我治愈的机制中。

而到这一步，"看见"才算施展了它全部的力量——我们引导孩子去发现自己的情绪和背后的需求，同时也让他们感受到这种需求是被理解和接纳的。

在这样的引领下，孩子不仅可以学会如何看见真实的自己，也会在与他人相处时，知道如何换位思考，体谅对方。

★

事实上，当我看到孩子的治愈机制，我也完全不必为"如果女儿到了叛逆期，我是否还要无条件地接纳她的所有行为"而烦心了。

因为无条件接纳的最终目的，是让孩子建立起内心的安全感；而安全感的落脚点，就在孩子的情感世界里。

"你提出这个要求，一定有你的情绪起因，无论那是什么，我都完全理解并尊重。"

用"看见"打开女儿的心，女儿势必会体验到情感需求的满足，这种满足会根植在她的内心深处，最终转化为她内在的安全感，诱发她与父母的深度连接。即使我不接纳她的叛逆行为，也不会撼动她情感世界里的这份安全感，削弱我们之间的亲密连接。

所以，我告诉自己，如果真有那一天，也大可不必担心，可以告诉她"坚持叛逆"可能的代价，也可以告诉她尝试另一条路可能的好处。但在教育发生之前，首先要让爱落地，这是一切善意抵达的前提。

回到文章开始，当我"看见"了女儿不想摘掉尿不湿的真实想法，如果她最终仍选择不坐马桶，也没有关系。

她早晚会学会如厕，就像生活中的很多规则，孩子长大后自然就会明白。我只需要守护住亲子关系中最重要的地带。

在这些地带中，因为关注、理解和肯定，孩子终会体验到自信和安稳，也终会拥有强大的共情能力，在今后更好地理解自己、理解他人、理解世界。

"你不用着急，妈妈，我总有一天会自己上厕所的。"这是最后一次戴上尿不湿时，女儿安慰我的话。

那一刻，我看着她，心中泛起莫名的感动。是的，不用着急，每个孩子都有自己的节奏。

那一刻，借由女儿的眼睛，我也全然看见了自己。

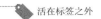

6.5 关于"真实"的三件事：给三岁女儿的信

亲爱的海薇儿：

三岁生日快乐。此时我正坐在我们常去的 Westgate 图书馆二层，给你写今年的信。

你知道吗？这一年有很多个时刻,我会忍不住掏出手机记录你说的话,然后想一想,这些话从一个不到三岁的小朋友嘴里说出,正常吗？很可惜,我没有更多三岁小朋友的样本,只能告诉自己：正常,正常。

诸如你说，"妈妈，就算你犯错了，我还是很爱你，你怎样我都爱你"，我震惊。

又如你说，"没关系，这个确实很难，我不会很正常"，我欣慰。

最近一次是你早上闹着情绪醒来，喝完奶过了半小时才清醒过来，搂着我说："早上是谁又哭又闹呢，真让人头疼！"这小大人的劲头，无疑让我的惊讶攀上一个小巅峰。原来"自黑"也有遗传！

这些或温暖或俏皮的语句，源源不断地从你小小的身体里涌出，时不时会给我打上一剂强心针，提醒我："哦，原来你已经如此大了，原来你已经会这样那样地想问题了。"就像此时坐在电脑前，对于又长大一岁的你，我也会使劲想，今年该和你聊些什么呢？

或许我可以换一种方式与你交谈。

这是我在开车的路上思考的，当你若干年后看到这些信，但愿它们还不会过时。那么，在达成记录你成长的目的之后，我希望能和你探讨一些真正有价值的东西，比如，我们可以在每年年底选定一个主题进行讨论，这些主题最好不要太过遥远，最好是根据这一年你的成长状态来定。

不妨让我们试验一下，如果长大后宝贝你有更棒的建议，我们那时候再更改。

今年的主题，我思考良久，决定和你聊一聊"真实"。因为用不了多久，你就会飞快建立自己的评判标准，拥有自己对生活的见解和想法。这当然是很好的事情。只是在你与这个世界打交道的过程中，真实是很重要的底色。因此有三件事，我认为有必要让你知道。

★ 面对真实需要一点勇气

有这样一个"插曲"，想必你已经忘记了。

那是九月的一个晚上，你从书柜里挑出一本黑猩猩的英文书让我讲，这本书的主旨是要告诉小朋友高矮大小的概念，比如，小猩猩一个人走在森林里，先后遇见长颈鹿、大象、狮子、青蛙、毛毛虫，与他们比个头——

没错，这是个很简单又直白的故事。然而我低头看一眼你，好像完全没有被故事吸引，全程神色凝重，低声念着："它的妈妈呢？"

第一次，我耐心回应你："它的妈妈在家里呢，宝贝。"

你显然不甘心于这个答案，继续陷在自己的世界里，重复着："它找不到妈妈了，找不到妈妈了。"看着你焦急的样子，我不得不停下来，告诉你，这本书的重点不是找妈妈，是和小动物比大小。你看着我，却依然执着："你能帮它找到妈妈吗？"

看着几乎要哭出来的你，我的心也被揪起。那一刻，我就这么想：去他的大小，它的妈妈对我的孩子更重要一些。

这个画面，我让自己一直记得。不光是因为我看到了你的敏感与善良，更是因为此时小小的你，让人羡慕地活在自己真实的小世界里——你并不担心自己的关注点"格格不入"，也不担心外界（妈妈）会因为你说出真实的想法，给你怎样的态度和评价。你的表达直接对应着你的本心。

如果此时你有成人的分析能力，你可能会问："妈妈，这有什么了不起的呢？这不就是本能吗？"宝贝，我真的希望你在二十岁时可以这么质问我。然而，我想这个概率很低。等你长大就会知道，选择并坚持真实的自己并不容易，它需要很大的代价，就像妈妈当年那样。

当妈妈还是十岁时，已然发现班上的女孩都喜欢穿裙子，喜欢坐在椅子上安静地玩，唯有我喜欢穿裤子，和男同学上蹿下跳。班主任找我谈过话，劝我要尝试穿裙子，多参与女孩的游戏。那时的我没有采纳她的意见，直接导致整个四年级我都是她眼里"各色"的小孩，不讨人喜欢。

现在的我，当然能理解老师当年的心意——不想让我因为独特而遭到排挤。但是宝贝，我想说这是你长大后可能遇到的世界，在这个世界里，表达真实的自己，并非自然而然的本能，它需要付出一些代价，可能是社会的不成全，可能是他人的不认同，这些代价或许在你读信的年纪已经遇到，或许已经让你心生畏惧，不敢迈出脚步。

这也是为什么，妈妈要在这里鼓励你，朝着真实的自己前行是非常值得的。因为当你忽略内心的真实，选择跟随大众，你可能会渐渐失去自己的想法，或者会有很多时间在自我怀疑与懊恼中度过，无论哪种，都会给你莫大的痛苦，你早晚要重新选择面对内心的真实，因为这是我们获得幸福的唯一出路。那么宝贝，妈妈希望你能在这条路上，走得勇敢一些。

不是要做大众的反面，与主流为敌，也不是不顾他人的想法，完全活在自己的世界，而是在任何时刻，你都知道自己是谁。或许这个自己在现实生活中暂时找不到绽放的路径，但你始终知道这个自己不是错的，你始终有努力实现它的勇气。

宝贝你看，正是因为妈妈没有放弃做真实的自己，没有放弃发出声音，当这个社会走到今天，你看到它的样子——女孩可以随便穿裤子、踢足球、爬树、打枪、参与政治、做到高层，我是多么兴奋和喜悦，因为那是无数女孩用少年的勇气兑现出来的世界。

生活终究不是绘本里的故事，没有套路，也没有标准答案，我们始终要找到自己对万物的理解，找到自己存在的人生意义，从这个角度来说，我希望你能一直拥有幼年时期那份面对真实的本能。但若没有，我希望你依然有足够的勇气，学会接纳代价去回应内心的真实。

★　看清真实需要一点智慧

从两岁进入三岁，你的社交圈子在不断扩大，从四人家庭到二十人的幼儿园教室，再到一百人的小区。当你遇见越来越多的人，你也会听到各种各样对你的评价，有好的，就会有差的。妈妈想跟你说，无论你听到什么，不要轻易相信那就是真实的你，要学会自己去辨认。

你一直都是独立的孩子，吃饭、穿衣、洗手、收拾玩具……从一早开始，这些就不是问题。然而，相比自己默默地完成，你更希望这一切都有妈妈的陪伴。穿衣服要坐在妈妈身边，吃饭时妈妈最好在你的身边一起吃。两岁半时，家里来客人，或许是听到很多次你呼唤我："妈妈，你能陪我吗？"阿姨得出一个结论，"你是个黏人的孩子"，对你说："都快三岁了，不该这么黏着妈妈。"

那天你明显有点不高兴。

在对你的教育中，我和你的爸爸始终不曾给你定性——你是一个什么样的孩子。因为我们知道，我们在日常生活中感受到的你，你的开心，你的难过，这些当然都是真实的，但不一定是全面的。

为什么你希望妈妈能够坐在你的旁边呢？阿姨并不知道，或许你自己也没有多强的意识。

你一岁半不到跟着我们从中国来到新西兰，不到两岁进入幼儿园，两岁半，我们再一次搬家，你又换了幼儿园。基本上，在短短一年多的时间里，照顾你的亲人在变，你身边的好朋友在变，你的语言环境在变，生活环境也在变。这种安全感的不稳定，尽管妈妈爸爸已经使劲从其他方面弥补，但对你的影响依然不小。

所以宝贝，你不是特别黏妈妈，你只是需要一个在所有变动中，始终陪伴你最长时间的人，来消化自己的焦虑，应对这种变化。

这是我们所在的世界，大多数人习惯将肉眼可见的一切当作真实，给出评判——你看，你一次没有和人打招呼就是不懂礼貌，你想坐在我的身边看书，就是不能独立玩耍。只有少部分人有能力越过行为表面，看到背后的因果，描述全部的事实。

妈妈小时候差点以为自己是个害羞、内向的小孩。因为每每家里来客人，我都会躲在你姥爷的身后，不太喜欢主动上前打招呼，所以当我听到无数叔叔阿姨向我表示"真是个不爱说话的小姑娘啊"，我差点就给自己贴上了"我不善交际"的标签。

但你知道的，妈妈是个健谈的人。在成长的过程中，我才慢慢分辨出：哦，我原来不是害羞，我只是有点慢热，我只是和气场相投的人才会有源源不绝的话题。这是成长带给我的智慧，去分清他人的评价与真实的自己。

所以对于你，我的宝贝，永远不要让别人告诉你，你是一个怎样的人，亦不要通过表象，轻易给别人下定论。妈妈现在对自己的要求是四个字——多看少说，做个安静的观察者，我希望自己有智慧分辨那个表象的你与真实的你，这样你会幸福，妈妈也会心安。这当然是个修行，不过没关系，我们有足够的时间，我慢慢来，你也慢慢来。

★ 我们看到的世界，是我们真实内心的写照

上个月，你在浴室发现一只小虫。

你大喊："妈妈，我看见虫了！"你撑着小鼻孔的样子，好像躺在浴缸里的不是虫子，是一叠纸钞（抱歉，你上一次看到纸钞就是这个样子）。我跑来和你一起看，小虫子在偌大的浴缸里东西南北地爬，你杀伐决断地说："妈妈你能弄了它吗？"我大惊，心想着好歹是个生命，怎么能说弄死就弄死呢？这个想法有点危险。

然而，还没等我想好措辞，你马上开口补充："你能帮它找到家吗？它很着急，它找不到家了。"

我心里一暖，原来你只是没说清楚。

我忽然想起早前你读黑猩猩的绘本，也是同样的台词，同样的画面。或许我从前告诉过你，要爱惜花草，珍惜生命，但在如此具体的两个情境里，你第一时间的焦虑，让我看到你并不是完全复制父母的要求，那些回应也有你的本能在。

你知道吗宝贝，就是这个发现，让我在心里泛起一个猜想：或许心怀善念、渴望爱也给予爱，本就是每个生命最初真实的模样。就像有很多书籍描述，每个孩子天生就充满了对这个世界的好奇，只是在成长的路上，这些好奇心被以"期待"为名的沙土一层一层地覆盖。

我期盼将来你的成长中不会有太多的风沙，但若有一天，你需要撇开这些沙来重见自己最初的样子，我希望你能够相信，那个最初的真实的自己，是心怀善念、渴望爱也能给予爱的。

这不全是我作为妈妈的私心，而是来自一个朴素的道理：我们的内心装着什么，眼睛看到的世界就是什么样子。就像你渴望陪伴，那么你眼里的小虫也在寻找家的方向；你认为摔倒了没关系，那么当别人摔倒，你也会为他拍拍土，告诉他一句，"没关系"。

从这一点看，我希望你的内心充满正念，这样你感受到的世界也会是朝气蓬勃、阳光积极的样子。即使看到灰暗的角落，你也不会因此失望，你会找到积极的视角，赋予灰暗新的希望。

回到这封信的开始。现在的你还有两天就三岁了，过去的三百六十五天，你充分体验着内外一致的幸福，这样的幸福，我祝愿你可以用自己的勇气、智慧和爱，在未来持续兑现。

生日快乐，我的宝贝！

你说："等我长大，就可以和你一起喝啤酒了。"我说："等你长大，我就可以等到你的回信了。"

我期待着你的回信。

爱你的妈妈

2019 年 12 月 21 日

后记

用『下限思维』解锁未知人生

2020 年全球新冠疫情暴发，面对突发性状况，每个人不得不重新调整过去的生活方式，开始适应办公、育儿、生活等的新模式。

以我自己为例。年初，先生因为工作和学习留在了新西兰，我独自带女儿回北京的奶奶家过节，原本计划 2 月底飞回，然而疫情的暴发使这段假期被迫延长至夏天。其间全家响应号召，取消了几乎全部的对外社交，活动范围自觉限制在小区。可喜的是，家人并没有对足不出户的新模式感到太多不便。

很长一段时间，书房由我和三岁多的女儿共用。小朋友每日在临时搭建的简易小桌上搞"创作"，画出的作品贴满了书房的一整面墙。我在前面的书桌做 PPT、写文章、忙于新公司的运作。我们俩身体处在同一空间，思想各自沉浸，每隔一个小时就停下来对几句话，问问体验如何，有没有产生新奇有趣的想法，都实现了什么进度。说来有趣，我手机里的健身 App 是女儿挑的，因此她有很高的积极性和我共同完成一些运动，加上亲子阅读、吃饭与午睡，还没想到要出去玩，一天就很快过去了。

然而这段时间，新闻里的确诊数字不断攀升，我们的心态也从一开始的"突击战"转移到"持久战"的准备中，一个最真实的担忧是：短期之内，爱好可以支撑每一天的生活，但长远来看，是否有足够的信心与不确定性长期共处？那时我的想法很简单，众多不确定的因素，诸如病毒何时攻破、疫苗何时研发，普通人无法左右；然而，普通人可以确定的事，比如出门戴口罩、勤洗手、勤消毒，在等待消息的同时，在家借助触手可及的资源做好自我的管理和提升，不至于解禁后身材走形、学识倒退，这些是可以做好，并且持续带给我们安全感和掌控感的。按照这个思路，信心，我有。

无论外界如何动荡，找到那个平衡的"下限"，将自己可以前瞻到的、确定正确的事做好、做到位；至于未知的"上限"，交给生活本身——这种思维方式，我称为"下限思维"。掌握它，不仅可以对抗疫情的影响，也能更好地鼓励自己前行。

举个例子吧。进入 30 岁后，女性一个普遍的选择困难是：我还要不要继续拼？这个"拼"，或是跨界，或是继续深造，总之，可以理解为前文说的"上限"——自我层面的突破和挑战。那么，与突破相对的"下限"是什么呢？是自我接纳。我可以选择跨界，但如果失败了，我接受这个结果，不自我抱怨；我可以继续深造，也许毕业后就业形势未必比现在的更好，但至少我深思熟虑做出了选择，我接受这个结果，不抱怨自我。

今年 5 月，我在新西兰注册了教育公司，凭借前人的指导和满腔的热血，也算正式迈出了"创业妈妈"的第一步。当愿景落实到文件，我进一步确认内心，鼓舞我的已不再是目标、使命这些"高层次"的东西，而是——今后若失败，我还会对自己感到满意吗？我发现，如果我可以随时接纳自己，那么，我也可以随时迎接挑战。（如本书《通往自由之路》一篇所讨论的内容。）

这种"下限思维"，因为涉及追问的方法，也帮助我更加深入地看待自我价值。我在《自我实现的故事》一篇中写过，"内心充盈"是我追求的核心目标。为什么不是帮助他人呢？我想，人只有内满，才能外溢。当你获得持续的进步，精神保持在充沛的状态，那么，你一定是极具力量感的人，举手投足都会影响他人，用"下限"成就"上限"。

在本书的结尾，我由衷地希望亲爱的读者你，也能拥有这样的思维方式。在这个时刻变化的时代，成为自己的明灯，获得真正的自由，无惧且有力地生活。